中华先锋人物
故事汇

秦 怡

美丽人生

QIN YI
MEILI RENSHENG

秦文君 著

党建读物出版社　接力出版社

图书在版编目（CIP）数据

秦怡：美丽人生/秦文君著．—南宁：接力出版社；北京：党建读物出版社，2022.12
（中华人物故事汇．中华先锋人物故事汇）
ISBN 978-7-5448-7969-9

Ⅰ.①秦… Ⅱ.①秦… Ⅲ.①传记小说－中国－当代 Ⅳ.①I247.5

中国版本图书馆CIP数据核字(2022)第210500号

秦怡——美丽人生

秦文君　著

责任编辑：刘安莉　郝英明
责任校对：王　蒙　李姝依
装帧设计：严　冬　　美术编辑：高春雷
出版发行：党建读物出版社　接力出版社
地　　址：北京市西城区西长安街80号东楼（邮编：100815）
广西南宁市园湖南路9号（邮编：530022）
网　　址：http://www.djcb71.com　http://www.jielibj.com
电　　话：010-65547970/7621
经　　销：新华书店
印　　刷：北京科信印刷有限公司
2022年12月第1版　　2022年12月第1次印刷
787毫米×1092毫米　32开本　　4印张　　60千字
印数：00 001—10 000册　　定价：22.00元

本社版图书如有印装错误，我社负责调换（电话：010-65547970/7621）

目 录

写给小读者的话 ………… 1

童年的宝藏 ………… 1

千里寻梦 ………… 9

永远唱不尽的歌 ………… 27

戏比天大 ………… 39

赤子之心 ………… 45

生命中的《雷雨》 ………… 51

美上一百年 ………… 55

大爱无疆 ………… 63

龙套精神 ………… 73

筹拍《青海湖畔》·········79

最美奋斗者·········87

开学第一课·········95

学习的力量·········103

世纪荣光·········109

写给小读者的话

二〇一九年九月,在全国人民庆祝新中国成立七十周年的时候,一位老艺术家被授予"人民艺术家"国家荣誉称号。新中国成立以来成千上万的影视剧表演工作者里,唯有她获得这一殊荣。作为百年中国电影史的见证者和卓越的耕耘者,她的成就夺目,照耀着无数的后来者。

她叫秦怡,不同凡响的表演艺术家。虽然生活坎坷,但她从不肯向命运低头,非凡的经历使她成为与众不同的人。她的成长过程中有无数旧的消失、新的渴求、美的向往,以及永远富有跨越沟壑的勇气。秦怡用一生完善了美,并在银幕上留下许多经典的艺术形象,这些艺术形象深入人心,鼓舞了大批的年轻人追求光明、追求真理、向往美。

对于我而言，秦怡更是意义非凡的存在。我母亲年轻时就是秦怡的忠实影迷。从我记事时起，家里就摆满了秦怡整版的剧照，翻开桌上的电影画报，刊登的也是这位拥有无数光环的大明星的故事。

多年后，我成了作家，多次在文代会、文联组织的各类文艺会议和活动上见到依旧沉静、美丽的她，每次都隐隐激动。有一次秦怡坐在我前排，我忍不住和她说起母亲的追星之旅，她含笑说："请代我问候你的母亲。"

二〇一〇年，我与秦怡有过近距离接触，记得那是在全国少年儿童故事大王选拔展示活动中。主办方邀请了全国各地著名的作家、艺术家为获奖的孩子颁奖，上海的有秦怡、叶辛和我。叶辛提前一天到会，我和秦怡、秦怡的女儿金斐姮是活动当天同车从上海市区到杭州余杭区的，夜间活动结束后，我们再一起同车从杭州返回上海。

秦怡和蔼、健谈，一路上与我谈生活、艺术。她的一句话，令我为之震撼，多少年都难以忘却，她说:"人活在世上,价值在于给予、付出多少,而不是索取什么。"

世界上爱说豪言壮语的人很多,但真正少言寡语,只用一生去践行的人很少,特别是像秦怡这样的人,历经坎坷和苦难,看透人间百态,依旧从容,依旧拥有高贵而淳朴的心。正因为秦怡能在苦难、曲折、传奇、辉煌的人生中开出美丽的花,她才达到了人生最美的境界。

这优雅、亲切、富有光芒的人多么值得尊敬,值得讴歌!我心里涌起了强烈的写作意愿。时隔十二年,这个写作愿望实现了。只是时间来到二〇二二年,秦怡已不能像早先那样谈笑风生了。

秦怡的人生太丰富了,历经一百年。除了亲身经历过的有限的秦怡的往事外,我阅读了大量的专访资料、书籍、文章,听了朋友转述的她更多的真实成就,从中采集了十四个小故事,引用了部分相关历史资料和作者自述,浮光掠影地折射秦怡美丽而光辉的人生,并通过她人生历程中的一些侧影,看到了崇高的理想、无私的胸襟、坚忍的精神力量。

童年的宝藏

秦怡原名秦德和,一九二二年一月三十一日出生在上海南市,祖籍江苏省高邮市,也就是说,时光到了二〇二二年,她整整一百岁了。

上海南市按地理范围属于老城厢。一百年前那里就人口稠密,商业繁华。街道两边的建筑鳞次栉比,老上海的弄堂、石库门、低矮的民居、过街楼都随处可见。街上车水马龙,沿街一些敞开的客堂中能看到殷实人家的太太在搓麻将,走不远就有剃头摊、酱油店、面馆、绸布店,街头也有乞讨的、卖艺的、无家可归的,车夫拉着人力车飞跑。

秦家是南市一带有头有脸的大户人家,住一座独栋的房子,七上七下,宅院深深,进门有两进天井，一个天井是竖着的，一个是横着的，穿过天井才进入偌大的客厅，客厅里立着气派的圆柱。

外人眼里有钱有势的秦家，祖辈曾风光无限。但到了秦怡父辈这一代，因世道不佳，掌管家族经济大权的秦怡大伯又不善持家，家族早已没落、潦倒，只剩下一副空架子，连生计都成了问题。

秦怡的父亲秦粟臣看到妻子又生了一个女婴，心里百般滋味，之前这对夫妇已生养了一个儿子、四个女儿，这次满心想再添一个男丁。

襁褓里的女婴，五官姣美，粉嫩嫩的，秦粟臣心里涌起怜爱，但是秦怡大伯才是这个家族的当家人。秦怡大伯这人重男轻女，听说生下女孩，脸色就不好看，嘀嘀咕咕说女孩养大也是赔钱货。

秦粟臣犹豫了，他那时患上了肺病，眼看如今的家境每况愈下，假如再多一张嘴，日子恐怕更难了，何况秦怡大伯这一关是过不去的。于是他横下心，趁妻子不备，悄悄将女婴抱给管家，吩咐管家把老六送到南市的育婴堂。

生下女孩无奈送往育婴堂，在秦家已经不是第一次，之前秦粟臣曾按秦怡大伯的意思，把老四送去了育婴堂，也就是秦怡的四姐。老四被人抱走后，从此杳无音信，给这个家带来了无尽的哀伤。

秦怡的大姐秦德贞那年十岁，懂事了，她舍不得失去这个可爱的小妹妹，悄悄地尾随管家，一直紧追。她看到管家将褴褛中的女婴轻轻放在育婴堂门口，抽身离去。秦德贞忙不迭地跑上前，把小妹妹抱起来，马不停蹄地跑回家，送入母亲怀中。

秦怡的母亲瞿素月正为找不到婴儿悲切，孩子失而复得，她长长地松了一口气，紧紧搂住，不肯松手。秦怡终于回归家庭，得以在父母怀抱里长大，只是秦家人的生活依然拮据，尔后出生的老七、老八、老九也相继被送去育婴堂，从此如断线的风筝，是死是活，至今也没任何音信。几年后，家里添了排行第十的小妹妹，就是日后成为著名电影演员的秦文。

秦怡在这个封建大家庭中渐渐长大，出落得秀丽可人，温婉善良。那时父亲秦粟臣肺病刚痊愈，立即去洋行做账房先生，有了菲薄的收入，全家人的衣食有了着落。

秦粟臣有着根深蒂固的重男轻女思想，但每每看到长着明亮眼睛的小秦怡总是满心欢喜,发现她聪颖过人,不惜出钱送她逃离秦怡大伯开办的严苛、压抑的私塾,去附近的"洋学堂"读小学。每个月发薪水的那天,他会买些小零食,突然走到小秦怡跟前塞给她,给她惊喜。

家里人看到父亲疼爱秦怡,私下里都在猜测:他是不是在想念那几个被送走的女孩?也许是心怀愧疚,就把爱加倍补偿给了这个可爱的女儿吧。

父亲秦粟臣对秦怡疼爱有加,格外珍惜。秦怡在童年也拥有富足的母爱,母亲瞿素月贤惠、刚强、温暖,偏爱这个险些丢失的女儿。她擅长烹饪,能做一手好菜,但食材只有几种,她只好每天翻着花样,尽力为家人准备可口的饭菜。大姐也对秦怡一向爱护。

大宅子里还住着秦怡慈爱的祖母,老人家爱看沪剧,时常让秦怡陪她去戏院看沪剧,一来二去,秦怡陶醉于戏剧起伏的故事、想象的空间里,更迷上了剧场的氛围。

父亲秦粟臣热爱音乐和电影,因家里子女多,经济拮据,看电影成了奢侈的事,他只好千方百计攒钱去大光明电影院买电影票。一次，秦怡看到街上张贴的金焰和阮玲玉主演的《野草闲花》海报，悄悄央求父亲去看电影时带上她。

父亲破例答应了。父女俩一起观影时，秦粟臣意外地发现秦怡看电影全神贯注，眼睛舍不得眨似的。散场后她会问一系列和影片、剧情、演员相关的问题，沉浸其中。秦粟臣暗暗感慨，这孩子遗传了他的文艺细胞，是真的喜爱电影。之后他再去看电影，会有意带上秦怡。因此，秦怡看了很多中外电影，对剧情过目不忘，对当年活跃于中外影坛的演员名字如数家珍。她最喜欢的外国演员是英格丽·褒曼，最喜欢的国内演员是阮玲玉和金焰。不过，家人没想到秦怡有朝一日会从事文艺工作，最终成为一代表演艺术家。当时年纪尚幼的秦怡自己也没有多想，她只是纯粹喜欢电影，痴心迷恋电影里的故事和人物命运，还有幽深山谷里的飞鸟和花朵，洁净的小河，高大的乔木，缠绕的藤蔓，被晚霞勾勒出粉色轮廓的天空。她在通过电影揣摩世间不同的人，美丽的自然景色。

虽然在深宅大院里长大，但在母亲和大姐的教

6　中华先锋人物故事汇　秦怡

导以及进步电影的熏陶下，秦怡深深同情社会底层的穷苦百姓。善良和正义、自由和平等在她的心灵深处生了根、发了芽。

当时，上海的有轨电车刚刚兴起，路线少，停靠的站台有限，人们日常出行还是以步行或乘坐人力车为主。秦怡坚持步行，偶尔乘坐人力车，但每次都不敢坐实。她不忍心看那些吃不饱饭、瘦骨嶙峋的车夫受累，便使劲抬起身体一侧，认为这样能为车夫减轻一些重量，于是每次乘坐人力车，她都会腰酸背疼，特别疲惫。

很久以后她才明白，自己这样做未必有用，人的总重量并没有变，但她这一份朴素的善意难能可贵。在此后长达九十多年的生命中，她待人的善意从未改变。渐渐地，她的善良不仅仅是同情、施与，更是尊重和共鸣。

千里寻梦

秦怡小学毕业后,父亲秦粟臣决定送她进入中华职业学校商科专业。这是一所名校,大姐秦德贞之前从这所学校毕业,顺利地在银行找到了称心的工作。

秦怡从小成绩优秀,父亲一心望女成凤,要秦怡进入名校,将来能衣着光鲜,在银行拥有一份体面的工作。当时的上海,能在银行做事,好比捧上金饭碗,秦粟臣满心希望女儿能有幸福而清闲的生活,一辈子享福。

秦怡的愿望却不一样,她不喜欢去银行和数字打交道,她从小爱看书,文笔佳,她自己的人生规划,简单而又真挚,就是长大想当老师或者作家,寻找自身的热爱和潜力。

但秦怡的生活不会平静如水，不久，抗日战争爆发。

日本帝国主义侵占东三省，激起全国人民的怒火，抗日的烽火燃起。中华职业学校的学生们纷纷行动。校园里，抗日墙报、文章和标语随处可见，号召大家时刻准备着，为反抗日本侵略者贡献力量。高年级同学奔走相告，呼吁大家投身抗日，决不做亡国奴。

秦怡热血沸腾，立即报名加入学校的红十字会，学着做急救包，制作担架，也学会了清洗和包扎伤口。她做什么事都丝毫不含糊，很快就把这些本事都学到了手。眼看局势动荡，她一点儿不惶恐，立志要去前线当一名战地护士，为抗日尽一份力。

其间，她多次参加上海各界的示威游行，勇敢地参加广场剧《放下你的鞭子》的演出。这部剧讲述了九一八事变后，一对父女流离失所、以卖唱为生的故事，秦怡在剧中出演沿街卖艺的穷苦姑娘。

在学校、在进步电影和进步书籍里接受了新思想的秦怡不甘心接受大伯和家庭给她安排的闭塞的生活，不愿向那些男尊女卑的封建思想低头，她一直盼望自己有朝一日能离开陈旧的一切，奔向更自由、更广阔的美好天地。

一九三七年七月七日，卢沟桥事变爆发，日本悍然发动全面侵华战争。不久，上海沦陷。秦怡的父亲秦粟臣带着一家人逃离南市，在租界栖身，秦怡劝说父亲带全家人离开上海去大后方，父亲一脸苦笑，茫然地摇头。

秦怡义愤填膺，感觉在租界一天也待不住，下定决心到前线抗日，她整天谋划如何穿过沦陷区找到抗日队伍。一九三八年八月，秦怡遇到一个要好的女伴小朱。小朱有正义感，像个小女侠。她言谈中明确表达了要离开家前去抗日的意愿。

两个女孩一拍即合，约定一起去前线，各自用攒下的零花钱，买好去武汉的船票。

她们之所以将目的地定为武汉，是因为从报纸上看到日寇向武汉发起猛烈进攻，武汉保卫战已经打响。于是，两颗想去武汉抗战报国的心跃跃欲试。

和好朋友小朱结伴去抗日，秦怡感觉是天赐良机，也是一个最佳途径，年少的秦怡喜欢和朋友在一起，没有朋友，仿佛日子就是一片空白了。

小朱家境富裕，对生活要求颇高，她担心离家后会吃苦，偷偷备上好吃的奶油太妃糖、新毛巾、雪花膏，还有一大堆日用品，原本小小的行李渐渐膨胀，体积越来越大，都藏不住了。

到乘船出发的那天，小朱正要悄悄离家去码头，不料她父母早觉察了那件异样的大行李，一番追问后，他们扣下了小朱。

不仅如此，小朱父母还将秦怡当作心怀不轨之人，送去了巡捕房。在巡捕房，她交代了事情的来龙去脉后，才被放出来。但这场插曲并没有打乱秦怡的步伐，她又匆匆赶到码头。船要离岸了，船工正在撤搭在船舷上的跳板。

虽然秦怡心情低落到谷底，几近绝望，但她没有后退，抗日之心促使她不管不顾，急追几步，把行李交给船工，闭上眼睛纵身一跃，终于上了船。

秦怡只身上船去武汉，只带了一个小布包，里面装着几件换洗的寒酸的衣服。船如同没有轮子的车，缓缓前行。一路上，风浪很大，透过舷窗能看见天边厚厚的灰色云层翻滚，豆大的雨滴开始落到水面，秦怡的眼泪噼里啪啦掉下来。

船上有一批去武汉的大学生，他们对这位孤苦伶仃的"小妹妹"的遭遇深表同情，纷纷为她打气，向她介绍武汉的形势。其中一个女大学生得知秦怡小小年纪，孤身一人闯荡他乡，倒吸一口气，说："小妹妹，你面临的不是十字路口，而是丁字路，是到头的路，太危险了，你到武汉之后不如打道回府。"

虽然"出师不利"，但秦怡沮丧过后，默默地鼓励自己，报国的心开弓了，就没有回头箭。她暗暗对自己说：勇敢向前吧！这下，即使你不坚强也必须坚强起来了。

初到武汉，秦怡举目无亲，后经人介绍进入军队，去了没几天，发现是误入了一支杂牌军。她决计逃离，想不到这支杂牌军看到武汉失守在即，自行溃散了。

秦怡辗转到重庆，当地慈善机构办了一个女青年会，给全国各地的抗日女青年提供价格低廉的宿舍。那里接纳了秦怡，同宿舍的一个女孩介绍她去教育局刻写蜡纸，每月赚七八块大洋，作为糊口之用。

秦怡暂时安顿了下来，每天在山城狭窄、起伏的道路上奔波。好几次，她半夜惊醒，看着寥寥晨星，似乎无法预测将会遇到什么事，未来该是什么样的，但她从不怀疑努力是正道，相信在这条崎岖路途的前方必是宽阔而华丽的大路。

于是她内心充实了，仿佛透过眼前的黑夜，隐约看到一个新的光亮的空间，她相信过不了多久，一定能找到机会去前线做战地救护工作。

武汉失守后，山城重庆成了战争的大后方。很多人千里迢迢赶赴重庆，有的寻找出路和生机，有的寻求庇护。一时间，重庆云集了全国各地的大批知名教授、艺术家、作家、企业家。因此，虽然当时是处于经常遭到轰炸的战争时期，但话剧、京剧、川剧等演出从未中断。

一直在寻找上前线机会的秦怡喜欢看戏。一天，她和朋友一起去看话剧《八百壮士》，散场后，朋友要去盥洗室，秦怡在剧场大厅里等候。

这时，从后台走出了应云卫和史东山两位导演，他们一边走一边谈论剧本，和长着一双水汪汪的美丽大眼睛的秦怡擦肩而过。他们已经走过去了，突然两个人不约而同地站住了，又回过头望着秦怡。

应云卫问她说："小姑娘，我问你，你现在在哪里工作或读书啊？"

秦怡说："现在没办法念书，我在女青年会暂住。"

"你不像重庆人，过来多久了？"史东山问。

"我一个人从上海流落到重庆，就想上前线去抗日。"秦怡说。

"哦，是这样子啊。那你到我们厂里来好不好？"应云卫说。

秦怡问："你们厂是做什么的？"

应云卫说："我们两个是导演，演话剧的。你刚才不是看了话剧吗？喜欢吗？"

秦怡说："看话剧是喜欢的，可是演话剧，不知道。"

两位进步导演应云卫和史东山成了秦怡的伯

千里寻梦

乐，他们敏锐地发现秦怡之美，以及她身上散发的艺术潜质。在他们和师友的鼓舞下，秦怡就此与表演结缘，也把最初的名字秦德和正式改为了秦怡。

秦怡没能如愿成为战地护士，但成了一名话剧演员，找到了她热爱的事业，找到了在舞台上用艺术表演唤起民众抗日救国的使命。

一九三九年，她登上舞台，参演了人生中的第一部话剧《中国万岁》。作为一名群众演员，她的动作只是背对观众握拳，台词也只有四个字"我也要去"，但她异常认真，练习了无数遍，就连平时吃饭、走路也会握着拳，轻轻地对着前方说好几遍台词。

练久了，自然滚瓜烂熟，一颗心才松弛下来。到登台演出的那一刻，她轻松地融入剧情，该说台词的时候，想也没想，烂熟于心的台词脱口而出，非常自然。她从此明白一个道理：功夫在台下。

在重庆期间，秦怡遇到一件特别又难忘的事，以至于过了几十年，她还会对身边的朋友说起。当年在重庆，她和周围的一批文艺工作者很想到延安去。有一次，她们遇到一位从八路军办事处来的干部，他向她们宣讲抗战形势，从国际讲到国内，从正面战场讲到敌后战场。

他还热诚地劝导说，文艺战士在前线是抗战，在敌后也是抗战，在延安是抗战，在重庆也是抗战，只要能唤起民众一致抗日，就都是优秀的抗日战士。

这位八路军办事处的干部风度翩翩、循循善诱、侃侃而谈，还问秦怡最近在忙什么。

秦怡回答："演了些抗战戏。"

那位干部说："你的工作是非常有意义的。千千万万的人都是在你们作品的鼓舞下，走上前线，浴血奋战，取得胜利的，你知道吗？你要好好演。"

秦怡大为感动，连说"好"。她这么说，一定会这么做的。

事后，大家打听到了，这位八路军干部叫周恩来！从那时起，秦怡决定安心留在重庆，积极宣传抗战。

后来，秦怡经人推荐，加盟中国电影制片厂，正式成为一名演员。正当她踌躇满志，梦想用艺术表演参与抗日，为中国演艺事业贡献一生时，却发现现实并没有按照自己的想象发展，设想好的美丽人生似乎被命运的大手改写了。

秦怡参与排演《好丈夫》《保家乡》等，导演看好她的认真和艺术潜力，为她安排了重要的角色，排演后的作品也获得很多观众喜爱，应该是很成功的。

但秦怡那一阵经常会在半夜里突然惊醒，坐起来，心里沉沉的。她陷入了一种怀疑，心里茫然，感觉自己在舞台上不自如，莫名紧张，有时不敢睁大眼睛。尽管观众反响不错，同行也认可她的表演，她在舞台上的动作、步态、台词也没有异常，但她自己却感觉欠缺的还有很多，并没有达到期望的表演高度，有时找不到演绎角色的乐趣，感觉自己在根据剧情需要，机械地进行表演。秦怡的心非常纯真，她珍爱演员工作，将它看得无比神圣，得过且过绝不是她的风格，她最怕自己演不好，会拖累其他演员，也拖累电影制片厂。

"没本事何必硬撑？"她严厉地对自己说。一来二去，她勇敢地提出，自己不是当演员的料儿，不如离开电影制片厂去前线，或者去当一名思想进步的小学老师教育小孩子。

当然，促使秦怡产生离开中国电影制片厂想法的还有另一个重要因素。她在排演《好丈夫》时，结识影星陈天国，两人结了婚。婚后不久，秦怡发现他们不适合。骨子里刚强勇敢的秦怡做出决定——离婚，离厂，去新的地方开始全新的生活。

战时时事艰难，当时秦怡的生活陷入困境，她患上了严重的营养不良症。她女儿出生时，只有四斤多重，像一只小猫。秦怡离婚后，独自承担着抚养女儿的责任。不料就在这时，秦怡不幸患上恶性疟疾。

电影制片厂的领导和同事，以及周围的文艺精英们给予她无私的帮助，纷纷劝她不要意气用事。

有的朋友说："你是遇到瓶颈了，不要灰心。"

也有的说："你的表演有闪光点，不要废弃，天降大任于你，总会先磨炼你。"

身边那么多好友为自己鼓劲，秦怡心里热乎乎，脸儿红红的。

也是机缘巧合,在患病期间,秦怡向朋友们借了很多文学、艺术类的书籍来读。系统地博览群书进一步开阔了秦怡的思想和艺术视野,她用艺术审美的视角审视自己的表演,感觉站得高了一层,仿佛一下顿悟了表演艺术的内涵,也意识到自己深爱着表演艺术,难以割舍对表演艺术的热爱。

一九四一年皖南事变后,周恩来提出要以话剧为突破口,在重庆坚持斗争。于是,应云卫导演牵头发起的名为"中华剧艺社"的民营剧团很快组建起来,剧艺社吸收了不少中共地下组织成员和进步演员,秦怡也积极加入。

深秋时节,中华剧艺社搬到了重庆国泰大戏院对面的一个古旧院落,前面是一个茶馆,中间有个院子,后面有幢楼房。秦怡住的房间只有一个天窗,大概放了十张竹床。一开始,房间里住了七个人,后来就挤满了。

楼下厢房就是排演场。剧艺社的第一场戏《大地回春》就在这里紧锣密鼓地开始排演了。秦怡在排演《大地回春》,演绎黄树蕙这个角色时,第一次感觉化为了剧中人黄树蕙,可是这股兴奋劲儿很快被寒冬腊月冻得所剩无几。正式开演时，秦怡穿着齐肩袖旗袍，脚踩高跟鞋，一身夏季装扮，丝毫不保暖。她冻得瑟瑟发抖，胳膊冻僵了，腿冻僵了，脸也因为冻僵，做不出生动、自然的表情。

第一场正式演出之后，秦怡对自己很失望。怎么办？难道现在还能退下来吗？摇摆不定的思绪缠绕着她。

第二天下午，她小心又期待地问导演："应先生，昨天您看了戏，觉得怎么样？"

应先生笑容满面地回道："很好，很好，很不容易！"

正当她为新戏愁眉不展时，家里却传来了噩耗，从小对她呵护备至的大姐突然去世。秦怡受到重重打击，心如刀割，泪如雨下。秦怡将难以自抑的悲伤注入表演中，忘却了寒冷。这种无限悲伤的情绪感染了台下的观众。《大地回春》一炮打响，连演二十二场，场场爆满。

在那之后，秦怡又在杨村彬执导的话剧《清宫外史》中饰演珍妃。这时的她已积累了一定的艺术能量和表演功力。她细细地研究珍妃这个人物，认为珍妃并非一个平庸的"小可怜",而是一个有头脑、有主见的不凡女子。珍妃甘于冒着生命危险,违忤权倾一时的慈禧太后,竭力维护光绪皇帝,无悔无怨地付出。从某种程度上讲,珍妃是坚强的、有见识的、有棱角的女性。当时,慈禧太后垂帘听政,光绪皇帝身不由己,宛如傀儡,珍妃这样的女子肯定会被赋予悲惨的命运。她照着这个思路去演绎珍妃,既感性又深刻、独特。这出戏果然再次轰动整个山城,场场火爆,民众都竞相去看,一票难求。

秦怡参加中华剧艺社后,凭借《大地回春》《清宫外史》等剧作一炮而红。她还参与排演了老舍的作品《面子问题》、俄国讽刺作家果戈理发表于一八三六年的代表作《钦差大臣》,以及法国作家亚历山大·小仲马的代表作《茶花女》,还有《天国春秋》《戏剧春秋》《野玫瑰》《结婚进行曲》等二十多部话剧,得到广大群众的认可,成为最受欢迎的演员之一。在抗战大后方重庆影剧舞台上,她与白杨、舒绣文、张瑞芳并称为"四大名旦",而在"四大名旦"中,秦怡年岁最小。

其实，在重庆中华剧艺社演抗战剧的生活异常艰难，经常遭到日军飞机轰炸，但只要日军不轰炸，她们的戏就开演。秦怡一年演六部话剧，演足二百八十天，都是主要角色。各个不同的角色，给了她不同的人生体验。每一场戏、每一个角色她都尽力演好。

当时经费少，在城里没地方可住，演员们只好跑到乡下租一处农居。秦怡住的地方拥挤，一间房里放上十一张竹床，住十一个女演员。她所谓的行李，不过是几件衣服包成一个包裹放在床边。春天、夏天、秋天也只有两件旗袍，到了冬天北风呼啸，窗上的冰霜结成了花，她只好将两件旗袍对着缝起来，中间填一点儿棉花御寒。虽然没有炫目的华服，衣着寒酸，但她内心充实，感觉到正在追求理想，夜里醒来，看着四周漆黑一片，依旧能发现发光的小火苗。

剧艺社每天只有几块钱伙食费，大家填不饱肚子。一天，有位朋友"捐"出了二十块钱请客，给大家改善生活。负责去买菜的秦怡走了十多里小路，从乡下跑到镇上，买到一块肉，不料在回来的路上摔了一跤，买来的肉变成"泥巴肉"。大家好不容易将肉清洗干净，煮熟，刚端上桌，还没来得及品尝，却碰上敌机来轰炸，佳肴被炸，一片狼藉。

历经艰难困苦，秦怡全都咬牙挺住了。后来，她居然慢慢适应，不认为这算困难。她发现一个人要是喜欢挑战，方法就会越来越多；要是总想放弃，借口就越来越多。只是抱怨，烦恼就越来越多。经得起生活的敲打，才能获得战胜困难的能力和信心，让自己变得不凡。

几年后，秦怡在演绎由茅盾编剧的《清明前后》时，再次感受到艺术表演的极大乐趣，一时间仿佛羽化为一个艺术精灵，进入特别的艺术境界。这让她欣喜若狂，从此更加珍惜这份神圣的工作。

尽管秦怡在重庆时时经历生活窘迫、舞台突破、艺术探索方面的困难，但她心里特别充实，而且欣慰，因为自己虽不在前线，但同样在为抗战出力。在这个基础上，她找到了自己热爱的事业，还找到了表演艺术的创造真谛，再也没有离开过演员这个岗位。

　　这些经历也成为她一生的精神财富，自从她有了献身演艺事业的信念，哪怕一场太平洋的风暴都吹不动她。她每天沉浸在剧中，付出辛劳，小心揣摩艺术，带着信念默默前行。

永远唱不尽的歌

抗战胜利后不久,一九四六年一月,思乡心切的秦怡终于回到了上海。从十六岁离家时算起,已经过去七年了,她无比思念家人——酷爱电影的父亲、刚强的母亲,她几乎迫不及待了。

回到家后,秦怡的欢欣和雀跃却被一个猝不及防的消息震得荡然无存——父亲早已去世。

那是一个风雪交加的年三十夜晚,街上的积雪有一尺多厚。"我身无分文,只能冒着寒风,脚踏深雪,去一家家叩开你父亲亲友的家门借钱……"母亲悲切地回忆着那个至暗的夜晚。

秦怡和母亲抱头哭了一通,然后擦干眼泪,毅然挑起一大家人的生活重担。

历经了战争风云、失去父亲，秦怡格外珍惜与亲人相守的时光，她不想让他们在困境中挣扎。而她的母亲也在生活上尽力照料着一大家子，每天给家人做擅长的上海小菜。秦怡享受着阳光一样的家庭温情，也乐于奉献，她成为庇护家人的亲情大使，一个家庭里为爱而生，重视亲情，真心付出的太阳。

养家糊口的重担，秦怡一挑就是几十年。

一九四二年春天，秦怡和友人聚会，结识了有"电影皇帝"之美誉的金焰，他是《母性之光》《三个摩登女性》《黄金时代》等电影的主演，非常有名。

金焰手巧，多才多艺的他为人纯良，不喜欢繁杂的世界，这是秦怡欣赏的。一九四七年，秦怡与年长自己十二岁的金焰在香港举行婚礼。一九四八年，他们的儿子金捷出生了。

秦怡善良温厚、珍惜家庭、重视亲情，但她不会仅仅沉湎于家庭的幸福里，她天生是个演员，一个有抱负、有远大理想的好演员。

一九四九年十月一日，新中国成立，秦怡的内心激动无比，她的原话是："新中国成立了，还有什么能比这更使我兴奋的事呢？"她参加了一天一夜的庆祝游行，又参加业余腰鼓队，载歌载舞，满怀对新中国文艺事业的期待。

当年的十二月，秦怡跟随摄制队浩浩荡荡地去山东莱阳外景地拍摄《农家乐》，她饰演农村妇女拉英。为拍好电影，秦怡提前下乡体验生活。她置身于田野，感觉天地格外博大，她和妇女们一起劳作，庄稼的叶子在风中微动，土地散发着重重的植物气息。虽然她的胳膊上会爬着蚂蚁，脚踝上有细小的蜘蛛，但她体验到了农村生活。她割了些草，回来铺在床底下，闻着草的芳香入眠。

拍摄开始后，她常常一口气工作十六个小时，有时拍完一场戏，像个泥人，但她丝毫不觉得苦和累，享受着工作的过程。

秦怡参与《马兰花开》的拍摄时，饰演的是主角马兰。马兰是一位积极投身新中国建设的女性，从一个普通的家庭妇女蜕变为一个女推土机手。为了逼真地表现这位女性，秦怡率先去体验角色生活。她拿着介绍信提前找到长春第一汽车制造厂，在基建工地跟技术员请教，很快学会了开推土机。电影开拍时，她坐上推土机开始推土，得心应手地驾驶着，一切都真刀真枪。

令人难忘的还有《女篮5号》。这部电影非常经典，任凭时光流逝、大浪淘沙，它依旧留存于人们的心中。这是新中国首部体育题材的彩色故事片，由谢晋自编自导，刘琼和秦怡等担任主演。《女篮5号》的剧情中交织着浓烈的亲情、友情、爱情和爱国之情，穿插着扣人心弦的篮球比赛，人物命运的走向激起了观众的好奇、担忧、期盼。

秦怡主演《女篮5号》时，已有三十多岁。在确定角色前，谢晋导演考虑过请著名演员张瑞芳来出演林洁。后来，他听说秦怡不仅演技精湛，之前在学校时就经常活跃在运动场上，最终决定请秦怡来饰演林洁这个角色。

秦怡喜欢这个角色，也喜欢运动，这些条件得天独厚，但她依旧没有松懈，要求去篮球队体验生活。于是，秦怡率领着一群女演员，一起前往北京体验生活。她们住在工人体育馆还没有完全盖好的房子里，那里面积不大，只有二十多平方米。

永远唱不尽的歌

她和那些花季少女吃在一起，玩在一起，很快成了好朋友，也仿佛找回了逝去的青春。在篮球队生活了足足两个月，她们每天清晨四点起床跟着球队一起训练，然后练习跑步、弹跳、投篮等，到十点半吃饭，饭后继续练习，下午四点半吃晚餐，一天只吃两顿饭。

休息时，秦怡就和其他演员一起分析人物，帮助她们理解艺术和表演。但是一同来体验生活的演员哪里闲得住？她们大多只有十几岁，身上正有使不完的劲儿，唱呀，跳呀，闹呀，手舞足蹈，房间里没有下脚的地儿，就在床上闹开了。时不时，三五个调皮的女孩跳过来抽掉秦怡手上的剧本，拉着这位大姐姐加入，青春的活力和热情感染着秦怡。

《女篮5号》上映后，好评如潮。电影唯美的画面、美丽的秦怡、自然可爱的小演员、恰到好处的剧情、戏剧化的故事节奏，以及承载的家庭悲欢、体育精神和人性之美，都被国内观众津津乐道。影片在国外也获得了骄人的成绩。

一九五六年，一部扣人心弦的抗战影片引起了巨大的反响，那就是《铁道游击队》。这部影片主要讲述了鲁南铁路沿线，一支由大队长刘洪、政委李正带领的铁道游击队，在抗日战争中破坏日军铁路运输线，给敌人致命打击的故事。

《铁道游击队》最早是一部长篇小说，作者是刘知侠，小说取材于铁道游击队的抗战故事，描写队员们凭借铁路网和火车，在特殊环境下，与日寇展开殊死搏斗，在抗日战争中屡立奇功。这支部队多次受到上级赏识，委以重任，让他们凭借地形的隐蔽性和便利性，完成秘密护送国家重要领导人转移，以及药品、武器运输等各种机密任务。铁道游击队每次都能出色完成任务，令日寇闻风丧胆，不敢与之对抗。作品情节曲折惊险，紧扣观众心弦，成功塑造了刘洪、李正、王强、小坡等铁道游击队英雄群像，以及堡垒户芳林嫂这样的女性代表，此书出版后轰动一时。

后来《铁道游击队》被改编成电影，由上海电影制片厂拍摄、赵明执导，演员阵容名角云集，连其中的一些反派角色都由表演名家出演。曹会渠饰演铁道游击队大队长刘洪，冯喆饰演政委李正，秦怡饰演芳林嫂；反派角色中，陈述饰演临城宪兵队队长冈村，程之饰演鬼子甲，于明德饰演鬼子乙等。

当年拍摄的战争场面受布景、科技手段限制，不如现在的影片视觉效果逼真，但拍摄团队和演员十分上心。为了尽可能还原历史上真实存在的铁道游击队的战斗场面，他们甘愿冒生命危险，迎着疾速行驶的火车上上下下，熟练、洒脱的动作和当年的英雄们如出一辙。

根据剧情，导演要求"芳林嫂"秦怡要精准地将手榴弹扔到冈村的脚后跟处。为节约胶片、节省时间、顺利完成动作，从小投掷成绩总不及格的秦怡每天细心琢磨，还会跟在扮演冈村的陈述身后，寸步不离地观察陈述的脚后跟，在脑海里反复模拟、定位。陈述起初还不明白，感觉这个秦怡莫名其妙。经过细心观察，无数次的练习，秦怡成竹在胸。开拍到这里，她猛的一下，就把手榴弹精准投掷到指定位置，动作、神情也饱满。那场戏竟然一次通过。这也让秦怡在剧组里多了一个称号——神投手。

秦怡向往竭尽全力去还原真实的、惊险的战斗场面，这需要克服各种难题，满足拍摄需求，比如冬衣夏穿。秦怡饰演的芳林嫂，须在烈日下穿着棉袄，围着围巾，有一次气温快四十摄氏度，捂出了一身痱子。有个日本著名影星正好来华访问，秦怡出面接待她，特意换上连衫裙，不经意间露出脖子上的一圈痱子，见面时对方直盯着看。秦怡解释说："是夏天拍冬天的戏，脖子上长了痱子。没什么，这是拍戏的需要。"

对方觉得不可思议，一直记了几十年。过了很多年，秦怡访问日本再与这位影星见面时，她还指着秦怡的脖子关切地问："还会长痱子吗？"

随着电影热映，《铁道游击队》中的插曲《弹起我心爱的土琵琶》火热流传。直到如今，半个多世纪过去了，人们听到这熟悉的、动人的、感染力十足的旋律，还会想念铁道游击队，还会情不自禁地哼唱起来："西边的太阳快要落山了，微山湖上静悄悄。弹起我心爱的土琵琶，唱起那动人的歌谣……"

秦怡拍电影追求尽善尽美，这样的事例数不胜数。一九五九年她参与了《摩雅傣》的拍摄。在傣语中,"摩雅"有医生之意,因此,"摩雅傣"的意思是傣族医生。

《摩雅傣》是年代久远的故事,叙述的是解放前的西双版纳,美丽善良的傣族女子米汗因抗拒封建头领老叭,被诬陷为"琵琶鬼",惨死在火中。十八年后,米汗的女儿依莱汗长大成人。老叭为私利故技重施,散布依莱汗是"琵琶鬼"的谣言,迫使依莱汗的父亲焚毁自己的房子,带着依莱汗逃往他乡。解放军救了依莱汗,两年后,她在党的培养下成为第一名摩雅傣,回到家乡服务。她医术高超,治愈疾患,用事实破除了"琵琶鬼"的谎言,作恶多端的老叭也受到了法律的严正制裁。

《摩雅傣》筹备阶段,导演徐韬邀请秦怡出演母亲米汗,她愉快地接受邀请,后来徐导演考虑再三,又邀请她同时出演母亲米汗和女儿依莱汗两个角色。

秦怡觉得为难,因为这一年,她已年近四十,去演一个二十来岁的小姑娘不太合适。为了保证电影效果,秦怡竭力推荐由年龄相当的女演员来饰演依莱汗。但徐导演根据影片的发展脉络，坚持说同一人分饰母女二角也是特色，相信秦怡的高超演技能弥补年龄的差距。

为扮演好剧中的母女俩，秦怡去傣族山寨深入生活，拍摄过程也相当辛苦。在西双版纳拍外景时，秦怡的双腿被当地一种小黑蚊咬了，吃了一些止痒药，却没想到过敏了，持续了数天。皮肤上起了红斑、水疱，双手不能弯曲。拍骑马上山的戏时，她因为无法握紧缰绳，险些从马背上摔下来。到了寒冬腊月，赤脚在冰冷的沙地里奔跑也是家常便饭。

努力揣摩，精心演绎，秦怡将年轻的依莱汗的艺术形象塑造得令人难忘，她的艺术塑造张力也更上一层楼，真正做到了演什么像什么。

新中国成立后，秦怡光荣加入中国共产党，她认为时代的召唤、电影艺术的发展、观众的需求，是自己不竭的工作动力。银幕上的秦怡经历着丰富多变的人生，时而是大义凛然的革命者，时而是独立自主的新中国女性，时而又是含辛茹苦、无怨无悔的母亲，她在中国银幕上塑造了众多端庄秀美、性格各异的女性形象。秦怡在电影里焕发的美,来自她的外表,更来自她坚毅柔韧的性格和信仰。她既有传统美德,又有身处逆境的勇气,热爱电影事业,从不灰心丧气,对待演艺工作永远是一丝不苟、精益求精。她说:"事业,是一支我永远唱不尽的永恒之歌。"

戏比天大

秦怡认为，有梦想的演员，一心想演好什么，就会被不可理解的力量支配。她从艺八十余年，主演和参演过几十部话剧和电影，留下了《女篮5号》中的林洁、《铁道游击队》中的芳林嫂、《青春之歌》中的林红、《林则徐》中的阿宽嫂等几十个令观众难以忘怀的角色。

她是一名真正的演员，从来不计名利，不慕虚荣，不摆明星架子，始终把演戏看作比天大的事，无论角色是大是小，戏份是轻是重，都平等看待，竭尽全力。谢晋曾在一次访谈中提及与秦怡的合作往事，说："我那会儿还是一个名不见经传的小导演，人家秦怡早就是大明星了，但是她很尊重我。

当时拍摄条件不好，秦怡主动跟大家一块儿睡通铺，没有一点儿大明星的架子。"尤其在拍摄影片《青春之歌》时，秦怡更是向同行、向观众展示了她无私的胸怀和高雅淡泊的艺术境界。

《青春之歌》是作家杨沫创作的小说，首次出版就引起了巨大的反响，历久弥新，直到今天依旧对年轻人影响深远。小说以二十世纪三十年代"九一八"到"一二·九"这一历史时期为背景，描写了女主人公林道静的觉醒和成长历程。林道静为了寻找个人出路，反抗包办婚姻，连夜出走。她先是遇上了北大学生余永泽，他的关爱与抚慰使林道静重新燃起了生活的希望。九一八事变后，林道静对国家危亡忧心如焚，对利己主义的生活感到失望和厌弃。这时，她接触到了更多充满爱国激情的北大学生，结识了共产党员卢嘉川，他们以国家民族命运为己任，富有正义感。她决心走出狭小的生活圈，投身到抗日的洪流中。这时万万想不到，余永泽阻拦林道静参加进步学生集会，在危急关头拒绝救助被捕的卢嘉川。卢嘉川牺牲后，林道静接过卢嘉川未竟的事业，在一次又一次被捕、承受酷刑的过程中,在共产党员林红的激励下,愈加坚定了革命意志。

筹拍《青春之歌》电影时,秦怡曾是饰演主角林道静的有力竞争者,她甚至应剧组邀请,已经来到《青春之歌》剧组报到。

秦怡和林道静是同时代的女子,她们都接受过五四新思想的启蒙,不愿在封建礼教下屈从,拥有对自由和理想的向往与追求,无怨无悔地选择了光明的道路。如果由秦怡来饰演林道静,应该可以本色演出。

就在这时,选角方面有了新变化,导演崔嵬发掘了二十四岁的新人演员谢芳,决定安排谢芳来扮演林道静,邀请秦怡演林道静的引路人林红。在电影《青春之歌》中,林红很晚才出现,非但不是主角,还只有一场戏。

那时,秦怡早已是家喻户晓的大明星,但她二话不说,毫不犹豫地答应下来,甘愿在《青春之歌》中为初出茅庐的谢芳充当绿叶。

作家杨沫笔下这样描绘林红的最后时光:

林红美丽的大眼睛在薄暗的囚房里闪着熠熠耀人的光辉，多么明亮，多么热烈呵！她不像在谈死——在谈她生命中的最后时刻，而仿佛是些令人快乐、令人兴奋和最有意思的事使她激动着。她疲惫地闭着眼睛喘了几口气休息了一会儿，忽然又睁开那热情的大眼睛问道静："林，你保证能够把我的话带给组织吗？"

道静不能再说一句话。她流着泪使劲点着头，然后伸过双手紧握住林红雪白的手指，久久不动地凝视着那个大理石雕塑的绝美的面庞……她的血液好像凝滞不流了，这时只有一个朦胧的梦幻似的意象浮在她脑际："这样的人也会死吗？……"

夜晚，临睡觉时，林红脱下穿在身上的一件玫瑰色的毛背心递给道静："小林，你身体很坏，把这件背心穿在身上吧。"她又拿着枕边一把从上海带来的精美的化学梳子对小俞笑笑，"小妹妹，你喜欢这把梳子吗？我想送给你留作纪念。"

小俞已经意识到事情的不妙，她和道静两个同时哭了。夜是这样黑暗、阴沉，似乎要起暴风雨。多么难挨的漫漫长夜呵！

虽然只有这一段描述、这一场戏,秦怡依然没有松懈,每天潜心探究林红的人物内心独白,练习她从容的说话口吻、举止特征,花费无数心血。秦怡将林红演绎得出神入化,仿佛她就是真正的林红。林红走出牢房、奔赴刑场的最后一个镜头,让许多观众一直念念不忘。小说作者杨沫评价说:"秦怡同志扮演的林红,是我最喜欢的。"

赤子之心

一九七八年，中国电影事业迎来一个腾飞的时期。电影工作者们纷纷酝酿拍摄震撼人心的、有社会责任意识的、开拓思想疆界的电影作品。秦怡的心灵也更加开放了，她想把失去的时间夺回来，以更积极、更顽强的姿态投入电影表演工作。

同年，秦怡和陈冲参与主演了珠江电影制片厂的《海外赤子》。那是一部激情澎湃，围绕人们的思想解放，带有人们的愤怒拷问，冲劲十足的电影，秦怡饰演母亲林碧云，陈冲饰演女儿黄思华。

影片的故事发生在二十世纪七十年代的海南。部队文工团正在招收歌舞演员。拥有一副清脆婉转歌喉的女青年黄思华非常珍惜这次机会，果断地报名参加了这次招考。现场，黄思华饱含深情地为考官们演唱了一首《我爱你，中国》。考官们无不为她的歌声而动容，希望可以录取她。然而，黄思华却遇上了麻烦事，录取之事就此搁浅。原来黄思华是华侨的女儿，有"海外关系"。文工团团长派人去华侨农场了解黄思华的"海外关系"，才知黄思华的父亲黄德深虽然出生在南洋，但是非常爱国。当年日本发动侵华战争，他把仅有的钱全部捐献给祖国用于抗击日军。新中国成立后，百废待兴。他和妻子林碧云毅然决定回国参加建设。二十多年后，黄德深被诬蔑有特务嫌疑，黄思华因此不能加入部队文工团。几经曲折，黄思华得以获得艺术生命，被文工团招收。

秦怡饰演的林碧云，不但要和小字辈陈冲演对手戏，还要恰如其分地演出海外华人回归祖国的赤诚、被误解的委屈。当时为反映南国的风貌，拍摄地远在海南，考虑到拍电影时间长，秦怡不放心丢下患有精神疾病的儿子金捷，就把他一起带去了。

外景在海南的兴隆农场拍摄，当时天气炎热，气温高达四十摄氏度，远途过去的演员、剧组人员都不太适应这样的极端气候，秦怡呼吸的时候也感到非常难受，但她努力克服了。为了拍出好电影，她什么苦都能吃。可是患病的金捷不一样，他不能适应炎热、潮闷的天气，变得狂躁易怒。这样的天气里，秦怡每天完成拍戏，几乎精疲力竭，还要趁中场休息的片刻，匆匆赶回招待所，给儿子喂药、送饭，洗衣、洗澡。

那个异常潮闷的夏天，秦怡克服常人难以想象的苦痛，圆满完成了拍摄任务。一九七九年《海外赤子》正式上映，观众们喜爱秦怡和陈冲饰演的母女，也被电影里深厚的爱国情怀所打动。由此，人们深深被《海外赤子》的插曲《我爱你，中国》所感动，这首电影插曲至今依旧是人们耳熟能详的歌颂祖国的好歌曲。

《海外赤子》勾起人们更丰沛的爱国情怀，对于秦怡也是意义非凡。她感觉《我爱你，中国》已深入她的骨子里，成为她生命中的美好旋律。

她特别难忘曾拍过的新中国成立十周年献礼影片《林则徐》。林则徐是我国清朝时期的政治家、文学家，他主张查禁鸦片，在中国有"民族英雄"

之誉。一八三九年，林则徐在广东禁烟，派人明察暗访，迫使外国鸦片商人交出鸦片，并将没收的鸦片于一八三九年六月三日在虎门销毁。

电影主要讲述十九世纪中叶的清朝，英国将触角伸向古老的中国，通过大量输入鸦片，掠夺中国人的钱财。白银大量流向国外，很多中国人却被鸦片毒害得身体羸弱、意志颓废。在清朝的宫廷内部，以穆彰阿为首的弛禁派和以林则徐为首的严禁派针锋相对，斗争激烈。道光皇帝眼见国家因鸦片所害渐渐羸弱，大力支持林则徐的禁烟政策，并任命其为钦差大臣，前往广州查禁鸦片。林则徐来到广州后雷厉风行，让一度轻视他的英国鸦片商人大为惊恐。经过一段时间的治理，当地海防得到整顿，英商被迫交出鸦片。最终，林则徐在虎门销毁两万多箱鸦片，取得禁烟的胜利。然而，英国随即发动鸦片战争，朝廷内部的弛禁派趁机广进谗言，林则徐的改革之路顿陷困境。

献礼片《林则徐》由艺术功力非凡的导演郑君里、岑范执导，他们精挑细选演员，著名影星赵丹饰演林则徐、夏天饰演穆彰阿，秦怡饰演麦宽的妻子。

阿宽嫂是三元里的渔民,也是戏里主要的女性角色。这个人物性格刚烈、勇敢,热情直爽、泼辣能干,经历过大风大浪,无所畏惧。秦怡欣赏阿宽嫂痛快的性格。在拍摄中,秦怡仔细揣摩阿宽嫂的性格,再落实到一举手、一投足中,同时她也认真观摩赵丹等演员的表演,从他们的表演中汲取经验,演好对手戏。电影上映后,广受好评。

秦怡的性格和阿宽嫂一样单纯、清澈,容不得丝毫含糊。奉献给观众完美无缺的作品,是她永恒的赤子之心。

生命中的《雷雨》

一九八三年,秦怡的好友孙道临邀请她参演《雷雨》。秦怡喜欢《雷雨》这部作品,结缘已久。童年时,秦怡就和大姐一同看过由这部作品改编的话剧,那次看话剧回去迟了,还挨了长辈们的训斥。她也知道,把《雷雨》搬上银幕是孙道临的夙愿。

这部电影的原著是我国著名剧作家曹禺于一九三四年创作并发表的经典话剧。《雷雨》的剧情充满了戏剧冲突。故事聚焦在一个雷雨天,通过一层层地展开两个家庭、八个人物之间的恩怨纠葛,通过悲情的结局,揭露了男主人公周朴园资本家的伪善面孔,折射出当时深层的社会矛盾以及人性特征。

为了展现《雷雨》独特的精神内涵，实现理想的艺术诠释，孙道临遴选了当时国内最红的、演技最好的电影明星担当主演。孙道临担任导演，同时在电影中饰演周朴园，诚邀秦怡来饰演片中的鲁侍萍。但秦怡有个心结，她那年已经六十出头了，在电影中要出演一个四十多岁的妇女形象，两者反差太大。不过，孙道临最终还是说服了秦怡参演。

为了最大化地接近角色，秦怡在内心和外形上都下了大功夫。在开拍前，恰逢她去日本访问，因为心里牵挂着这个角色，就和日本同行切磋起来，日本同行也很认真，特意请来了专业的化妆师，做了深入探讨。

果然，到了试戏的那天，秦怡从化妆间里走出来，导演孙道临一看，愣住了，他原本就想到秦怡一定会成功地演绎鲁妈，却没想到秦怡像换了个人似的。

孙道临也是一位卓越的表演艺术家，他塑造过众多经典的银幕形象，有巴金《家》中的觉新、《渡江侦察记》中的李连长、《早春二月》中的肖涧秋等。而在《雷雨》里，他以高超的表演功力和技巧成功塑造了周朴园这个道貌岸然、虚伪贪婪的资本家形象，周朴园的唯我独尊、伪善冷酷在影片中被刻画得淋漓尽致。

秦怡扮演的鲁侍萍，有太多难以言说的心事、屈辱和秘密。善良、隐忍的鲁妈决不允许悲剧在女儿四凤身上发生，可当隐藏在周公馆三十年前的秘密被揭开，她只能眼睁睁地看着自己的一双儿女死于雷雨交加之夜。

秦怡饰演的鲁妈不仅在造型上接近原著，在表演上也尽力做到意味深长。她用清醇而略带沙哑的嗓音为这个人物发出振聋发聩的悲切、绝望、愤怒的呐喊，恰到好处地烘托出悲剧的分量。

拍摄《雷雨》时，发生了一件令秦怡痛心的事：她的丈夫金焰病危。秦怡离开剧组奔赴医院，照料病危的金焰，为他擦洗、倒水、喂流食。因为病床边没有椅子，她不知不觉连续站立三十一个小时，腿都肿了，还是寸步不离。可惜奇迹没有出现，金焰还是逝世了。

秦怡努力整理着自己的情绪，强忍悲痛回到

拍摄地，全心投入工作。直到影片杀青（拍摄结束），她回到家里，对着客厅里金焰的照片默默流泪，说："老金，从此就剩下我和孩子们相依为命了，你放心，我不会离开我们家的。"

她伤心了好久，才慢慢想开了。从某种意义上说，所爱的家人，永远不会失去，因为早已铭记于心，爱能让人克服孤独。

美上一百年

　　秦怡百岁寿辰当天，人们都在为她庆贺。秦怡坐在医院窗前的藤椅上，若有所思，整个人精气神十足。大家钦佩她将毕生贡献给电影事业，也在悄悄感叹，这真是一个美了一辈子的女性！

　　秦怡有散发光芒的眼睛、温婉的神态、清雅的仪容、大方的步态、温柔的谈吐、得体的举止、像花儿一般绽放的微笑，这些美有机结合在一起，就是高境界的美。曾有记者问秦怡，对于大家说她是"最美女性"的说法是否赞同，秦怡明确表示"我不赞同"。

　　我母亲作为秦怡的影迷，评价道："她美得自然，丝毫没有美人的矫情，或者被人众星捧月后的扬扬自得，她不故作姿态，并不知晓自己有多美似的，正因为这样，秦怡永远初心闪耀。"

秦怡的美还在于她不是温室里的花朵，重重困难和严峻的考验伴随她的一生。即使面对暗淡的黑影和丝丝冷风，她也能坦然面对，始终没被打垮，多么勇敢、无畏！她不仅是一路这么美过来的，还是一路这么实干过来的。

在事业上，电影梦支撑着秦怡的一生。最早的时候，电影对于她仿佛是神秘的水晶球，时时会显现出让她入迷的景象，渐渐地，她发现电影还是一个安全的港湾，让她释放心灵中的很多压力。再接着，她在电影里找到力量、风度、博爱，以及坚毅和无私的象征力量。到了后来，电影在她心目中最为神圣，她将它视为永远唱不尽的歌。她有句名言："只要活着就要努力工作。"可贵的是，她不但兢兢业业拍摄了那么多优秀的经典电影，还始终默默承担起一个杰出艺术家的责任。她见证过封建的旧社会，见证过中国被日军侵略的那些屈辱时光，也见证了新中国的成立，见证了改革开放后的时代。她的爱国心是那么炙热，融入她所饰演的角色中，影响一代又一代的年轻人。秦怡担任过上海电影演员剧团副团长，许多后来的青年电影人都深受她的照顾和影响。

秦怡出名早、名气大，经常有商家请她为商品代言，但她从不接受商业请求。她说："拍商业广告来钱快，省力气，但这些广告背后的责任太沉重，我怕自己担负不了，这个钱我不能赚。"

秦怡是一个至美至善的母亲。丈夫金焰去世后，她独自照顾患病的儿子金捷数十年，常常在演出的时候带上金捷，让他感受到人世间的美好和深深的母爱。经过多年的治疗和陪伴，金捷的病情有所好转，外表高大、魁梧、英俊，不与他对话看不出他是个病人，秦怡悉心的照顾与呵护有了成果。

她还潜心培养金捷学习绘画，发挥他的绘画天赋。一次偶然的机会，秦怡发现金捷在纸上涂涂画画。虽然她没有请人专门教授，但金捷画得已经有几分传神。也许这正是金捷想要表达的内心世界。秦怡试着请了一位画家教金捷绘画。金捷学画，秦怡也一起跟着学。

稍一有空，秦怡就带上儿子背着画夹，拿着小

58　中华先锋人物故事汇　秦怡

板凳，提着水桶，去附近的衡山公园里散步、写生。公园里姹紫嫣红，小路幽静。这一幕幕温馨的画面深深刻进了秦怡的心里，也定格在金捷的画笔下。

后来金捷画画的兴趣越来越浓，沉浸其中，他的画单纯、干净，获得很多人的喜爱。二〇〇〇年，美国影星阿诺·施瓦辛格通过拍卖以两万五千美元的价格买走金捷的写生画《衡山公园》。他说："秦怡是我崇拜的中国影星，同时她又是一位伟大的母亲。为患病的儿子，她做得太多太多，这是一个奇迹！"后来，秦怡鼓励金捷将他的水粉画《我的妈妈》捐献给慈善机构，金捷的另一幅作品《法国的街道》拍卖了两万元，也悉数捐献给了希望小学。

在《孩子与我》一文中，秦怡写道：

我想，这是世界上所有母亲都能领会到并且是身在其中的。我与一般人们的不同只是孩子从不会责备我，或是赞扬我。如果我对他什么也不理、不干，他也一样会来叫着妈妈；如果我为他呕尽了心血,他也只是像平常一样地叫我妈妈!既然孩子已经无法对我做出反应,那么我就必须自己来审视我自己的错误、过失、优缺点,而且在日常的生活中去体验孩子虽没有反映出来的却又一定存在的感受。

秦怡还是一位尽职尽责的好妻子,悉心照顾丈夫的后半生;同时她也是孝敬长辈的好女儿。她从不计较自己的得失,认为这是爱的传递。

也许在外人眼里,秦怡太累了,担负太多,付出巨大,但她乐在其中,说这样才安心,才踏实,她从不辜负亲人和朋友。大千世界,流光溢彩,秦怡所坚持的幸福是一种永远清澈的存在。她是不凡的女性,有与生俱来的质朴,仿佛一道金光。想获得真正的幸福需要经历一些有难度的事。轻易找到的幸福很潇洒,但不会被珍视,往往不持久。秦怡一生努力学习、成长,善待他人,传承把世界变得更好的信念。这样的人,会拥有真正的幸福,真正的美。

大气、优美也是秦怡的魅力之一。她外表美,但从来不会因为这些而忽略做人的本分和善意，因而她的内心也美，精神也美，戏品也美，这些综合在一起的美几乎难以超越，洋洋洒洒地贯穿一百年，成就了她的杰出和伟大。

秦怡活成了无数电影人心中的楷模，美成了万千女性的榜样。秦怡的美经得起岁月和沧桑的考验，她年少时美，中年时美，到了老年，满头银发，高贵优雅，还是美。

她美得像一首诗，一幅画，她着实美了一百年。

大爱无疆

岁月给予了秦怡丰厚的机遇,也给了她无穷的磨砺,以及大爱的胸襟。

二〇〇七年,金捷因病住院,经常昏睡不醒。秦怡陪着他,眼巴巴地盼着他醒过来。那一阵,金捷变得懂事多了。一天,他突然安慰秦怡说:"妈妈,没有关系,没有我,你可以省点力气。"

秦怡悉心地照料他,加倍,再加倍。但是事与愿违,那一年,五十九岁的金捷因病去世。白发人送黑发人,秦怡伤心欲绝,脑海里都是金捷生前的最后一幅画《我爱我的妈妈》,这是金捷送给妈妈的最后一份礼物。在他的心目中,妈妈就像画里的一样,如天使一般美好。

对于秦怡而言,之前的几十年,每次命运把她推到人生的边缘时,她都能紧紧地握住儿子金捷的手,鼓励自己坚强地站稳,而现在金捷的手松开了。

金捷在秦怡心中是不可或缺的亲人,也是秦怡最贴心的人,他天真无邪、可爱率性,以往秦怡在工作和生活中遇到困难和烦扰,会与金捷一起画画,母子各画一张,画大自然的山水花草,居然每次都是金捷的画品居上。金捷欢呼:"看啊,我比妈妈画得好!"

那一刻,秦怡的心里被爱、被欢乐、被欣慰所融化,金捷是她的孩子,也是她最忠实的朋友,看着他,她的辛劳和困苦消失得无影无踪了。

秦怡心里空空的,浑身发冷。金捷在时,她一想到有这么一个人在这世上,心中就会泛起暖洋洋的慰藉。现在这样的安慰没了,她舍不得他走,金捷也舍不得弃妈妈而去,但沉重的别离还是来了。沉浸在无限伤痛中的秦怡不由自主地走进金捷的房间,房间里堆放着他喜欢的物品,像一个杂物间。

她东看看,西摸摸,想着金捷小时候用童声唱歌，想着金捷冬天出门被冻红的鼻子，不由得笑了。不知过了多久，夜深了，她茫然地走进厨房，做了金捷最爱吃的食物，默默地端了过去，抬头看到悬挂的照片，想到他再也吃不到了。

她叹了一口气，心想：只能这样纪念他了，这孩子已远行。

尽管她心里明白，应该走出阴霾，但每次下雨，她凝视着雨滴，还是会在玻璃窗上写下金捷的名字，他对于她是永远不可磨灭的存在。

每到晚上，她还是会对着金捷的照片说一句话："妈妈把门锁上了，你要是回来，敲门大声点。"

不知过了多少天，秦怡终于说服了自己，勇敢地走出来，全身心地投入演艺事业，又恢复了"电影疯子"的模样，她说："有事情做，人容易快活。做事的过程中，接触的人多，跟这个人谈谈，跟那个人聊聊，到处走走，伤心的事就容易忘掉了。"

送别丈夫和儿子后，秦怡的牵挂越来越少，好在她还有演艺事业，她拍片、演出、访问、创作，参与更多的社会公益活动。电影从来都是她的至爱，工作如今亦是她永久的伴侣。

二〇〇八年五月十二日，四川汶川发生了里氏8.0级的大地震，震区人民生命财产遭受重创。

秦怡看到新闻报道后，夜不能寐，决定捐出她的所有存款，那是无疆的大爱。在电影人举办的赈灾义演上，白发苍苍的她捐款二十万元，她说："我没有太多的钱，这些年靠节俭度日，积攒了二十万元，现在全部捐给灾区人民！"

有朋友得知，秦怡向汶川地震捐款后存折空了，口袋里只剩下一千多元钱，估计连吃饭都成问题。大家都劝她少捐一些。秦怡坦率地说："这些钱我原本是留给金捷用的，现在他不在了，就把这些钱捐给更需要的人吧。我身边没钱不要紧，过几天会有退休金的。"

秦怡的生活非常简朴，这些年她买过的最贵的衣服不超过两百元，她每晚写稿、看书到半夜，肚子饿了，吃两块饼干，喝一杯温开水充饥，就觉得这夜宵很好、很完美了。

二〇一〇年四月，青海玉树地震。秦怡又把刚攒下的三万元捐了出去。秦怡从不接商演，家庭变故大，经济负担重，但她常年热心公益，断断续续累计捐款超过六十万元。秦怡自己维持着很低的生活水平，对灾区、对慈善事业、对困难儿童，却可以慷慨解囊，倾其所有。

秦怡是位好演员、好母亲，更是很多孩子心目中的好奶奶，她时刻牵挂着广大少年儿童的成长。二〇〇七年上海电影制片厂投拍电影《我坚强的小船》，导演彭小莲认为影片中小主人公的奶奶一角很重要，秦怡是不二人选，但秦怡在一九九三年之后便因病推掉了不少邀约，彭小莲心怀忐忑地联系秦怡，没想到秦怡爽快地答应，说："我喜欢孩子，他们是国家的未来，我愿意为他们拍电影。"

果然，为了孩子，秦怡化身"Yes奶奶"，从来不说No。八十多岁的秦怡在酷暑没空调的老居民楼中拍戏，由于曾患有肠癌，她严格控制进食和饮水，空着肚子候场，等自己的戏份拍完再吃饭喝水，就怕影响拍摄进度。彭小莲导演说："秦怡老师是在用生命为孩子们拍戏。"

二〇〇九年八月底，她刚做完腰椎手术不久，更是不顾医生反对，飞赴都江堰参加上海援建小学的开学典礼。当看到崭新的校舍、舒适的桌椅后,秦怡满怀欣慰。

大家盛赞秦怡的无私奉献,而她这个当事人却轻描淡写地回应:"你们说我多好多好,其实我没有做什么不得了的事情,也就是捐出所有的钱,这是应该的,钱要用在刀刃上,没什么不得了的。人活在世上的价值,是给予、付出多少。"

说出这番话时,秦怡的语调平缓,表情宁静如水,只用最朴素无华的言语吐露心声,大家都被好心的秦怡感动了。

二〇一〇年,儿童刊物《故事大王》和中国共产主义青年团中央委员会、中华全国妇女联合会、中国少年先锋队全国工作委员会、中央电视台、中国曲艺家协会等单位联合举办全国少年儿童故事大王选拔展示活动。因为秦怡一直关心青少年的健康成长,所以主办方很想邀请秦怡参加。主办方联系上了秦怡,可她八月份的活动已经排满,无缘参加这次大赛了。主办方预料到了这样的情形,于是,想请秦怡给大赛提提建议,便向她详细介绍了活动内容。

秦怡兴致勃勃地倾听，得知这次讲故事比赛的活动不仅能丰富小朋友的业余生活，推动全国少年儿童讲故事的热潮，而且能锻炼和提高小朋友们的口才，使他们从此更有自信心，她说："我会参加的。既然是对小朋友成长有益的事，我会千方百计克服困难，挤出时间来。"

给小选手颁奖定在八月十二日晚上，当天下午我和秦怡及秦怡的女儿金斐姮一起乘车从上海前往会场。整整三小时的车程，且天气炎热，气温飚升到三十九摄氏度，车里的空调功率都略显不足。路况也很不理想，一路颠簸，大家都被车外的大太阳烤得晕乎乎的。

终于抵达了酒店。我担心八十九岁高龄的秦怡过于劳累，建议主办方安排她先去休息一会儿，没想到秦怡连连摇头，不顾劳累，一下车就投入颁奖晚会的准备中，完全没有休息。晚餐时分，热情的主办方为嘉宾们准备了可口的饭菜，秦怡坐在圆桌旁，只是匆匆吃了几口鳝丝面，喝了半碗菌菇汤，一边说味道不错，正是她爱吃的，一边离桌，一心一意工作去了。

秦怡待人谦和，工作异常认真，撰写了发言稿，还反复和主办方确认发言稿中的活动情况、名称是否准确。

大家仰慕秦怡，围绕着她，看到她一点儿名人架子都没有，看她如此敬业、严谨，不仅敬佩她，还感觉到她的亲和，非常喜欢她，私下里也说老人家的身体好，精力比我们几个旺盛多了。

在颁奖晚会上，我们被热情的获奖小选手包围了。秦怡极其认真地应小朋友的请求，一个接一个地为他们签名留念。有的小朋友想签在纸头上，有的想签在本子上，有的很想签在获奖证书上，秦怡一一满足，还和小朋友们亲切交谈，回答他们关于表演的各种好玩的提问。

没承想签名签到一半，一个男孩刚递上本子，台下老师就招呼集合了，他心急火燎地走了。秦怡满脸遗憾地从座位上站起来，目光在人群中追寻着男孩，一边不停地自言自语："还没签完呢，真对不起呀……"

那一刻，她俨然一位对孙辈疼爱有加的邻家老奶奶。

大爱无疆

活动结束后,秦怡要连夜赶回上海,因为第二天她还要参加另一场公益活动。恰逢我也有事需要赶回上海,于是秦怡、金斐娅和我又乘坐原车返回上海,一路上秦怡和我谈论生活和电影,也说起儿童文学,她说:"其实我年轻时也有作家梦,写作有意思,为少年儿童写作,值得你百分之百地投入。"

那次我和秦怡母女在上海和杭州之间来回奔波,路上也听秦怡自嘲一生辛苦。如此长途劳顿,高强度的公益活动频率,看到八十九岁的秦怡习以为常的样子,让大家备觉心疼,过意不去。

时隔两年,第十二届故事大王选拔展示活动的颁奖晚会,秦怡正在外地,未能出席,但她关心着这个比赛,向主办方问起活动的举办情况,一再说:"这么好的活动一定要坚持办下去。"

秦怡为慈善事业倾力捐出全部积蓄,还默默地为公益活动倾注无数心血,多年来她确实是这么做的,许多纪念、庆典、慈善、义演等公益活动中都能看到她的身影,听到她真诚的声音。

她把善意、大爱、美好的感情播向人间,无私奉献给可爱的一代新人。

龙套精神

秦怡从小爱阅读，读过的书很多，读中国古典文学，也读俄国作家，如托尔斯泰、屠格涅夫、契诃夫、陀思妥耶夫斯基等的作品，后来又读了高尔基的作品，以及普希金、莱蒙托夫的诗集。这些作品让她懂得得与舍，懂得善与恶、爱与恨，成为她日后当演员最需要的思想和情感的宝库。

当然，这位德高望重的表演艺术家不仅爱读书，还喜欢写作，她常年保持着记录身边事物的习惯，还幽默地自称曾是"女子文学大学的旁听生"。

一九九七年，秦怡出版了她的随笔集，书名《跑龙套》。她说曾看过一部苏联电影，里面有个跑龙套的演员演得非常好，所以过了几十年，依然印象深刻。她说:"我不想把跑龙套提到很高的地位,只是感到一场戏里,哪怕一个倒茶递水的小小角色,只要全身心投入了,也能有较大的作用。再小的角色也是角色。"

她还说:"如果戏里每一个角色都能够演好,那整部戏就会不一样,龙套当得不好,会影响主角的戏,还会影响节奏。我想,如果每出戏的群众演员都很认真地把自己作为'重要的一部分'的话,那么这出戏的整体质量肯定能提高。"

秦怡心中的"龙套精神"就是:干一行,爱一行,专一行,精一行,不计较名利,认真对待每一个角色,每一次表演。

秦怡在该书自序中写道:"一生都在追求中,活得越老,追求越多。由于时日无多,也就更加急急匆匆。"

她是这么说,也是这么做的。她认准拍好电影就是为人民服务。而艺术高峰永无止境,除了怀着对电影的一腔热忱,敬畏每一次的出场,还需要勇往直前,不断追求,不断进取。

她从十八岁第一次演话剧《中国万岁》时起,

就有朴素的龙套精神，虽然全部动作只是背对观众握拳，台词也只有四个字"我也要去"，但她连吃饭走路也都随时握拳念词。数十年后，秦怡已是艺术大家，但她依旧有跑龙套的精神，秦怡在很多电影里饰演主角，每次她对待表演都全身心投入，富有创造性、美感，同时也沉浸其中，充分享受创作的愉悦。另外，她也在一些电影里担任配角，甚至"跑龙套"，但她深知再小的角色都有着重要意义，所以在与戏里的主要人物沟通时，从来不疏怠，同样是倾情投入，她"跑龙套"的镜头确实一样非常出彩，让人过目难忘。

秦怡有自己的座右铭：得失尽量置之度外，只求竭尽自己所能。这能解释她那龙套精神是有坚实根基的。当然，秦怡谈到龙套精神时，还涵盖吃苦精神。秦怡从不规避拍戏的艰难，她说："拍戏的人没有季节，零下三十摄氏度可以穿着单衣，还扇扇子；零上四十摄氏度，也可能需要穿着棉衣，围着围巾。无论吃多少苦，电影工作者服务人民，就该吃得起苦。"

时光荏苒，几十年过去了，秦怡的龙套精神和吃苦精神依然在保持，从不倦怠。她还时时给自己加码，数十年如一日地坚持学习、观影、思考，不断提高艺术修养，不断阅读和写作，一切只为更好地创造，更完美地呈献。

她保持着写剧本的习惯，因为是演员出身，所以提笔编剧时，起初明明默默地在心里酝酿了好久，但想在稿纸上倾泻自己的情感时，却静不下心来写字，仿佛灵感瞬间逃之夭夭了。后来她练出来了，找到门路，写作常常联系表演，写一段演一遍，再把不够顺畅的动作和台词改顺。这样拿准了人物冲突和故事脉络之后，就能洋洋洒洒地写下去。文思如泉涌时，她一天能写三四千字。

耄耋之年，秦怡在记者采访中谈起，自己有个心愿，有朝一日把家中几代人的曲折经历拍成电影，甚至她已有了一个创作完大半的剧本，故事里融入了很多她的人生感悟，她很想有一天能完成。

那年，为创作讲述中澳两国气象工作者敬业合作与悲欢离合的故事片《青海湖畔》的剧本，秦怡不顾年事已高，不辞辛苦地远赴青海，深入高原地区生活，采撷故事传说，将已经反复修改了八稿的剧本再度润改，只为了电影最终呈现效果更为出色。当大家赞美她是最美奋斗者时，秦怡轻描淡写地说："我想使我年迈的双足尽可能地去跟上时代的步伐。"

相信学无止境的秦怡，一路上收获了数不清的荣誉。面对荣誉，秦怡说："一个人活在这个世界上，有再多的钱也好，别人再怎么说你漂亮也好，获再多的奖也好，总有一天，你是要走的。你走了，一切就都消失了，多好的东西你都拿不走。人活在这个世界上，最要紧的东西是什么？还是价值，就是自己给予了这个世界什么。别人不会在乎你得到了多少，而是看你付出了多少。"

秦怡说话不高调，但有朴实而精彩的价值观，她以自己百年的经验和艺术高度，留给世界许多精彩的好作品，一个个传神的银幕形象，睿智的世界观，宽宏的情怀，理想主义光辉，以及可贵、实在的"龙套精神"。

筹拍《青海湖畔》

秦怡这一生，不说套话、空话，也不会大张旗鼓地说豪言壮语，但凡心中有梦想，她总会勇敢追求，她制订了计划，就会排除万难地去实现，这样的动力像一束光芒，闪烁在心，有暖暖的感觉。

当然，她最乐于完成的，做得最多的事，就是发展我国的电影事业，拍出更多好作品献给人民。

为了这个理想，她一直砥砺前行，沉淀着充足的智慧和力量。二〇一四年九月，《青海湖畔》在高原开拍了。难以想象的是，这是九十二岁高龄的秦怡首次自编自演的电影。

《青海湖畔》的创作灵感源自秦怡多年前听到的一个真实故事：多年前，澳大利亚气象学专家凯思·比格和夫人与中国科学家在青海开展一个科研项目，夫人却不幸遭遇车祸，永远沉睡在了青藏高原上。

"高原的科学家非常辛苦，但是对于这样一个群体，我们在银幕上却很少能见到。"于是，她心心念念地要筹拍这部影片，讴歌在筹建青藏铁路伟大工程期间的气象工作者们，他们为做好青藏铁路修建的气象保障工作，解决冻土层等难题，在高原上克服重重困难，开展气象科考工作。她想让更多的人看到这些中外科学家为了理想不畏艰险、不怕牺牲、无私奉献的事迹，这些事迹可歌可泣，他们理应受到人们的尊重和高度认可。

筹拍《青海湖畔》这部影片还有一个重要的原因：秦怡发现那几年电影院线中充斥着不少商业大片，于是一心要拍出现实主义题材的、艺术性强的好电影，让更多人能看到蓬勃向上的现实主义题材的纯粹电影。

秦怡通宵达旦地写剧本，几易其稿。剧本完成后开始筹拍电影，这时需要找拍摄资金，在此之前她没想到拍电影需要那么多资金。在筹措资金的过程中，她电话一通通打，朋友一个个找，加班，加点，不知碰了多少次壁，克服过多少困难，费尽周折，始终不退缩，终于筹来一笔拍摄经费。

拍摄这部中小规模投资的影片有很多困难。为把有限的资金用到精良的制作上，保证电影拍出大片的感觉，秦怡主动提出零片酬出演。这是难得的壮举，当时演艺圈已有高片酬的风气，秦怡曾多次谆谆教导青年演员们："大家总觉得潮流如此，不这样做身价低了。我说你们不要拿钱来衡量自己的价值，电影拍出来，为的是提高老百姓的欣赏水平和思想水平。"

这次，秦怡更是说到做到，用自己的行动来证明。一些青年演员被她深深感动，也可以说，她的内心太坚强了，不管风吹浪起，决不放弃有意义的事。她艺术家的气度影响了大家，后来演唱主题曲的歌手以及主演等人都自愿表示不要酬劳。

电影要拍了，秦怡踌躇满志地买好机票，要亲赴青藏高原拍戏。剧组紧张得不得了，考虑到拍摄地海拔高，容易缺氧，天气又变幻莫测，别说九十二岁高龄的秦怡会吃不消，年轻演员也将面临挑战。为秦怡的安全着想，大家劝她不要去青海拍摄了。秦怡却打哈哈，对大家说："我没事的，抗战时期我还去过前线演戏呢。这次我准备好了，必须去，电影工作是为人民服务的，吃点苦算什么！"

九十二岁高龄的秦怡表示非去不可，其他演员都在吃提高缺氧耐受力的中药，她也懒得吃。到达高海拔的拍摄现场后，她既是活跃的编剧，又是演员，激情澎湃。

高龄的秦怡在影片中饰演六十岁的女工程师梅欣怡，戏份比较重，拍得艰苦，秦怡不惧怕，说："演员演员，就是演嘛！我年轻时演过老年人，现在老了，演年轻一点儿的，年龄跨度大的，只要足够努力，应该也可以。"

秦怡把拍戏看得比天还大，牢记使命在身，每一部影片、每一场戏、每一处细节她都精益求精。对这部自己筹拍的影片，她更不愿留下瑕疵和遗憾。为了拍摄效果更好，剧情呈现无懈可击，秦怡每天要化装两小时跨越年龄差的关卡，再花费六小时往返海拔三千八百多米的拍摄现场和驻地。除了

筹拍《青海湖畔》

这些,她还要反复琢磨怎么演出人物的神韵,剧中一些微妙的感情戏,必须用丝丝入扣的表情、丰富的肢体语言来传达。

大家问她有没有高原反应,秦怡不假思索地回答:"没有。"她在高原上行动自如,好像没什么反应,看到其他年轻人的反应很大,有的都喘得上气不接下气,她还宽慰他们。事后她调皮地说:"有时,我走在他们旁边,还装模作样地让自己喘一喘。"

秦怡觉得自己状态不错,心里高兴,全身心地投入拍摄,还说:"只要能工作,发挥得好,我就很开心了。"

可惜,就在她认为自己的身体状况好得不得了,加倍在片场拼搏之时,还是累倒了。秦怡曾患过多场大病,开过七次刀,患过甲状腺瘤,摘除了胆囊,早年还被诊断出肠癌。

这一次为拍摄《青海湖畔》,她过度劳累,等电影杀青从高原上下来后,患上了腔梗,还有后遗症,导致左腿行动略有不便,但她不后悔,滔滔不绝地谈着《青海湖畔》,思维敏捷、条理清晰。

《青海湖畔》在全国公映后，秦怡很高兴，这部不凡的作品生动还原了科学家们的形象和真实的历史画面，对观众有"润物细无声"的影响，也有审美上的浸润。她创作这样的作品，就是想带给观众榜样的力量，完成文艺工作者的使命。她也为自己"活到老，学到老"的毅力感到自豪，而且这一次还包含着跨领域的学习。

秦怡笑得灿烂，身边的朋友明白她的心思，按照她这样的个性和对拍摄好电影的使命感，哪怕让她在安逸养老和披荆斩棘筹拍《青海湖畔》之间再选一次，她还是会毫不犹豫地选择后者。

她的气魄震撼人心，气贯长虹。

最美奋斗者

秦怡的生命力无比旺盛，对电影的信念和热爱支撑着她，使她能延续着紧张的工作状态，演出，出席社会活动，深入生活，马不停蹄。她常常不仅要独自应对演艺之路的各种挑战，还要独自面对生活上的磨难。她是那么不容易，那么顽强。

秦怡的身体并不好，饱受病魔摧残。早在一九六六年，秦怡四十四岁时被查出肠癌，当时医疗条件远不如现在，医生断言秦怡"活不久的"。

远在北京的周恩来、邓颖超得知秦怡因肠癌住进医院后，写信安慰她："共产党员面对现实，无所畏惧。"

秦怡大受鼓舞，坦然直面病情，平和心情，

说:"我要活久一点儿,再久一点儿,要拍更多的好影片。"同时,她也想好好地陪伴可爱的儿子金捷,照料率性的丈夫金焰。

秦怡内在的坚强个性和坚定信念被激发出来,她在医院稍做疗养,渐渐感到身体恢复力气了,就义无反顾地又开始研究剧本、写作,成天忙里忙外。

幸运的是,等再次去医院复查时,医生发现她身上的癌细胞找不到了,于是连忙恭喜她。秦怡忍不住欢欣,太好了,她又赢得了生的权利,赢得了陪伴亲人、再上银幕的机会。

这在当时好比一个奇迹,引起很多人的好奇,人们喊她"抗癌明星"。有人忙着打听她是如何保养的,服用了什么灵丹妙药。秦怡想了想,直率地说:"我不知道这方法对别人行不行,对我还挺有效,就是不要整天想着疾病,用工作养病。"大家佩服秦怡的乐观、坚强,真心为她高兴。

作为一个影坛巨星,观众看到的是她在银幕上塑造的端庄秀美的角色;而熟悉秦怡的,则感慨着她在银幕之外的生活和奋斗。

秦怡人美，爱美，懂得美，为了把最美的状态呈现给热爱她的观众，为了内心和外形俱佳，数十年来，她一直保持美的生活方式，从不放任惰性。

秦怡从小爱运动，在中学里也是篮球队队长，身手矫健，但在拍摄体育影片《女篮5号》的过程中，身材问题开始困扰她。那时，她已三十四岁，要饰演年轻时的篮球运动员林洁真的是一个挑战。但她没有退却，去篮球队特训，和球队的女孩们一起训练，一起生活，结下了深厚的友谊，也学到一些打篮球的技巧，成功地逾越了自己与角色身材上的差距。

拍《青春之歌》时，秦怡想到林红关在监狱里，受了刑，不可能白白胖胖，怎么演？她一边加大锻炼强度，一边琢磨演技，下决心将这个角色演得更加有形有神。电影公映后，她演的林红果然受到广泛赞誉，但她一点儿也没有松懈，认识到演员不但要有充实的内心生活，将外形塑造得符合人物特征也十分重要，想到这一层，她更加积极地坚持每天锻炼。

她坚持力所能及地运动，一生从不间断，年轻时她打球、快步行走,每天清晨她都早早起来锻炼半小时。平时,她如果出去办事,总是以步行优先。只要距离不是特别远,她就走路过去,往往一天都要走一万多步。

垂暮之年,虽不能像以往一样去打篮球,但她想办法弥补,特意学会了保健操。她先观看视频,熟悉了动作,然后再归纳、总结,最后编了一套适合自己的保健操。

生命在于运动,运动可以消除人的惰性,锻炼人的意志,也活络了经脉,增强了体能,让人持久保持可贵的、蓬勃的生命力。

有坚定信念和目标的人往往毅力过人。除了锻炼,秦怡还注意控制饮食,几十年如一日,不暴饮暴食,爱吃绿叶蔬菜,也从不挑食。低盐、低热量、少油是她首选的口味。

秦怡始终保持着纯净的平常心,不讲名利,坚持做有德行、有情意、有志向、有进取心的好演员。

一九九八年,她撰写的《跑龙套》一书第二版印刷了,出版社为她在上海书城举行了签名售书活动。拿着书来签名的读者排起了长队，很多人是第一次看到银幕外的秦怡，发现她亲和、温婉，丝毫不会端着大明星的架子。

这一年，秦怡已年逾古稀，依然雍容端庄、清秀美丽，她的一双眼睛还是那么清澈、明亮、灿若星辰。在场爱美的读者忍不住请教秦怡青春常驻的秘诀，秦怡笑着回答："在外面努力工作。在家粗活儿细活儿都干，家里的剩饭剩菜也要吃一点儿。"读者听得目瞪口呆，都说秦怡太幽默了，笑声溢满了书城。

秦怡说的是真话。在生活里，她从不觉得自己有什么了不起，和普通女性有什么不同，只是工作比较特殊一点儿罢了。她这份平常心，也正是她的美丽之处、伟大之处，让她不虚荣、不攀比、不患得患失，宁静致远，成为一个高尚的、脱离世俗的人。

她说："人可以拖拖拉拉过一辈子，但我宁愿利利落落地过一辈子。"

二○一七年，秦怡摔了一跤，造成股骨骨折，但她心里想着能继续工作，每天都会挣扎着起床活动，没走几步，便一身大汗。她每天坚持理疗和锻炼，她说："就想早点恢复，去片场跑跑龙套也好，我还能为电影事业尽自己的能力。"

即便不得不躺在床上养病，秦怡也不愿闲着，她看新闻，想故事，打磨剧本，关心国家大事。她天天盼望着能出院，还说："我习惯一年到头没有闲着的时候，有做不完的事情。有压力才有活着的动力。"

尽管岁月在她的脸上留下了痕迹，也给了她更容易受伤的身躯，但她依然面色红润，思维敏捷，身上还洋溢着朝气和乐观精神。那是另一种不被岁月侵蚀的自律之美、奋进之美。

秦怡也从不服老，她曾经说过，人的年龄分为三种：第一种是自然年龄，第二种是心理年龄，第三种是社会年龄。第一种年龄是固定的，但第二、第三种年龄却是可以调节的。

秦怡的第二种年龄和第三种年龄无疑是最年轻的，因为有爱，有希冀。可惜她长久庇护儿子金捷的愿望破碎了，金捷去世了。但是她没有在痛苦中一蹶不振，还是走出了阴霾，努力活得更久，优雅地活到了一百岁，因为她内心留有一个牵挂，那就是电影，她希望能长久地活跃在影坛，为中国的电影事业做贡献。她不想留下遗憾，还想有朝一日演出一部自己最满意的、最能充分自我发挥的电影。

电影就是她的最爱，也是她最后的念想，唯一的、永恒的爱，电影使她的生命更有意义，更有宽度。

心怀着热爱和努力，才能一直奋斗到老。

开学第一课

二〇一五年中小学暑假开学前,恰逢中国人民抗日战争暨世界反法西斯战争胜利七十周年的纪念日,九十三岁的秦怡受邀参加了中央电视台大型公益节目《开学第一课》的录制。

中央电视台这次给全国青少年开学第一课的主题是"爱国",邀请秦怡讲述国歌的故事,回溯国歌中描写的真实战斗情形。

秦怡坐在轮椅上,凝视着台下的抗战老兵,时间仿佛又回到了那段峥嵘岁月:在战火纷飞中救助伤员,在大后方演出抗战剧……随后,她缓慢但铿锵有力地说起了国歌创作的"内幕"。

"我的丈夫金焰,他在很年轻的时候,跟聂耳同志是朋友。"

　　聂耳是音乐家，创作过数十首革命歌曲，他的一系列音乐作品影响了中国音乐几十年，其中最著名的就是一九三五年初作曲的《义勇军进行曲》，这首歌曲表现了中国人民反抗日本侵略的气概和必胜信心。

　　不为人知的是，当时聂耳所处的环境异常艰难，家中没有钢琴，每天灵感闪现了，就谱写一小段曲子，请金焰帮忙将歌曲唱出来，听了歌曲效果后，聂耳再埋头调整。

　　整个谱曲完成后，聂耳又请金焰一句一句地试唱，然后做总体的艺术润色。金焰因此成为第一个唱响《义勇军进行曲》的人，先后反复吟唱了不知多少遍。

　　聂耳谱曲后，将这首歌曲作为进步电影《风云儿女》的主题曲。

　　这首主题曲具有鲜明的时代感、深刻的思想性、高昂的民族精神以及卓越的艺术创造性，一经问世便引发人们的共鸣，令人热血沸腾，进而广为流传，影响极大。

新中国成立后,《义勇军进行曲》成为令人瞩目的中华人民共和国的国歌,响彻云霄。

接着,秦怡又回忆了国歌歌词背后的历史。一九三一年,日本侵略者侵占中国的东北三省,此后一路打到长城脚下。

一九三三年的三月十一日,敌人进攻古北口长城防线,他们以重炮在城墙上轰开了一个缺口。

"我们的守军从三个方向拥来。在这个缺口上,他们和敌人搏斗。"他们一轮又一轮地挡在那个缺口前与敌人搏杀。

"我们的英雄拿自己的身躯去顶住了长城的缺口。"

为了将敌人挡在长城之外,几百位将士毫不犹豫地用鲜血和身躯将缺口死死堵住,英勇地战死在了那里。

所以,国歌里那一句"把我们的血肉筑成我们新的长城",是民族抗战的一个真实缩影。这首歌歌颂了无数烈士英魂,鼓励更多的人高唱着它,勇敢地站起来,冒着敌人的炮火前进。

秦怡说:"一个国家的国歌,记载的是这个国

中华先锋人物故事汇　秦怡

家最深刻的记忆,而我们的国歌《义勇军进行曲》正是诞生在那民族危亡的战争年代。当我们的祖国面临危机,敌人的炮火燃起的是无数英雄的爱国激情。大家以宁死不屈的精神抗争到底,才换来最终的胜利。虽然战争已经远去,但我们永远不应忘记那些曾经奉献自己的青春和生命的英雄们。"

"国家兴亡,匹夫有责。"回望秦怡漫长的人生岁月,可以说,她的青春也与抗战紧密地联系在一起。

一九三七年八月十三日,淞沪会战爆发,"八百壮士"死守上海四行仓库与日寇力战四昼夜。秦怡就是这一历史的参与者与见证人。

当时秦怡还是高中生,她就读的学校设有上海红十字会的分会,秦怡是会员。那次她们分会的五个人,三个土木工程科的,连秦怡在内的两个商科的,自行请愿要去仓库救伤员。她们一行人年纪最大的不过十八岁。

到了战场,她们抬担架,给伤员包扎、上药。日军在仓库外猛攻,子弹就在她们头上飞。她们分会会员的年龄太小,个别女孩害怕,担架差点掉在地上。但经历了这样的事，秦怡和其他女孩更佩服抗战英雄的报国精神，知道团结的力量，以及战争的残酷。她们也变得更勇敢了，继续留在那里，负责抢救伤员，为他们包扎，汇集各自的力量增援抗战。

一九三八年，秦怡在上海中华职业学校肄业后，前往武汉参加抗日宣传活动，想找机会去前线参战，后来武汉快要沦陷时，她历尽艰辛辗转到了重庆。一九四一年，秦怡进入中华剧艺社，出演了很多抗战剧。对于努力去演抗战戏的原因，秦怡是听周恩来同志当时的讲话后悟出来的。

当时演抗战剧没有经费，秦怡牢记周恩来的话语，和大家一起千方百计地去四处筹集，不遗余力地宣传抗战精神，用优秀的、具有感染力的作品团结更多的抗战力量。

除了她的人生经历与国家命运紧密相连，金焰的一生也是如此。抗日战争时期，金焰积极投身抗日活动，敌人百般阻挠，对他又是警告又是恐吓，甚至将他列入通缉名单，金焰却并没有被敌人的气焰吓退。最后因金焰的社会影响力大，敌人未能贸然下手，他才幸免于难。

　　如今，秦怡给青少年上的这一课，不仅是在追忆那一段战火纷飞的岁月，还想告诉青少年，今天的一切来之不易，告诉他们老一辈人如何在艰难险阻中去爱国、救国，不怕牺牲，期望新一代人也找到高尚的精神坐标。

学习的力量

秦怡没有专门学过表演，后来经导演应云卫和史东山引荐，在山城重庆叩开表演艺术的大门。应云卫曾对秦怡说："自从我第一次见到你，就觉得你是一个适合以电影、话剧为生的人。"

这句话时常萦绕在秦怡的心头，鼓励着她在演艺这条道路上深耕，不遗余力地摸索适合自己的表演风格，学习如何成为一名优秀的演员。

于是，她向生活学习，向群众学习。为拍出好电影，她经常会去实地体验人物的真实生活场景。她曾去矿山体验生活，每次下矿前，带上沾着沙子的馒头。工作人员提醒她说，矿下险情随时可能发生，秦怡听后并不畏惧。据说，后来她真的有好几次与死神擦肩而过。

出演《两家春》中的一位北方农村媳妇时，秦怡不声不响地背起铺盖跟剧组去了胶东农村生活，住在堆着牛粪的草屋，天冷就烧牛粪来暖炕，因为味道太冲，经常透不过气来，可她还是坚持在一间堆满牛粪的破屋里生活了大半个月，后来成功塑造了角色，被授予优秀女演员奖。

她用心向身边的朋友、同事学习，像海绵一样汲取他们的优秀经验。她从不避讳自己对同时代演员好友舒绣文、赵丹等人的佩服。最后，她与白杨、舒绣文、张瑞芳齐名，跻身重庆话剧舞台"四大名旦"。

重庆的"四大名旦"中，秦怡和舒绣文最为亲近。在众多女演员中，舒绣文的样貌并不出众，也没有优越的家庭背景和高深的文化，却能从一无所有到名扬四海。

她们曾同住一个宿舍，舒绣文对秦怡照顾有加，会像对待妹妹一样爱护秦怡，和秦怡一起分析剧本，研究角色，分享经验，这位技压群芳的演员在演技和生活上都给了秦怡很大帮助。

秦怡格外欣赏舒绣文，因为舒绣文不仅是演技派，表演有张力，不失自然和本真，而且举手投足之间透着天生的演员魅力。秦怡曾高度评价道："舒绣文的表演不是做戏，而是神似，她在着重塑造人物。"

除了演戏，舒绣文的为人处世也给了秦怡很多启发。无论多红，舒绣文在生活中都会严于律己，宽以待人，从不傲慢，从不吹嘘。

同时代的演员赵丹也是出了名的"戏痴"。一九四五年，赵丹从新疆回到重庆，与秦怡她们一起排演茅盾的剧本《清明前后》。

当时该剧遭受国民党当局的几度禁演。赵丹是导演，又是演员，他在"禁演令"中顶住各种刁难和压力，带着大家想妙招，机智地应对当局的检查，坚持在不改原台词的情况下，把戏演到预定的日期才结束。大家每演完一场，都会感到是一种胜利，无比欢快。

抗战结束后，秦怡从重庆回到上海，拍摄《遥远的爱》时，和赵丹演对手戏。

《遥远的爱》由陈鲤庭导演，赵丹、秦怡、吴茵等主演。影片讲述了大学教授萧元熙与妻子决裂后，决心要把小女佣余珍改造成自己的理想妻子的故事。

当时，赵丹在《遥远的爱》这部戏中饰演的大学教授萧元熙经常手拄拐杖，于是赵丹平时也拿着拐杖，平平常常的一根拐杖在赵丹的手里竟能变出多种不同的花样。他总是设计出许多人物的外部动作，从中选择最符合人物需要的。秦怡忍不住问道："你怎么有这么多'花头经'？"

赵丹说："塑造人物可以从内在出发，也可以从外部着手。有时外部动作找准了，可以带动内在的情绪。人物把握准了，演人物就能活起来了。当然，有了外部，必然不能缺少内在。演戏自然、真实当然好，但还需要有闪光点。"

赵丹的肺腑之言，久久地回响在秦怡耳边。

不过，秦怡在同台竞技的过程中也没有自叹不如，她越来越追求精致和个性，也抓住一切可以切磋的机会，与赵丹交流表演艺术，共同探讨演员每个阶段如何用功。她深知，要拒绝粗鄙和平庸，和优秀的同行交流是绝佳的途径，能激发他们各自的艺术光芒。

新中国成立后，秦怡又与这位勤于学习、肯钻研的表演艺术家赵丹合作了《林则徐》。赵丹从接受林则徐这个角色起,便好像活在角色的世界里,通读了许多有关林则徐的历史书。开拍前一个月他早早穿上清朝的官服,练习人物的动作和台词,就连叩拜这一小小的动作都练习了几百次。为了让人物更加生动丰满,他与导演郑君里探讨林则徐的动作和台词,两人常常在片场争论不休,重拍和增加镜头,再反复比较镜头中的细节。

后来赵丹完全进入角色,有时铁青着脸,一语不发,有时眉飞色舞,气势直冲云霄。他的执着渐渐地感染了大家。那一阵,剧组的人也都把他当作林则徐看待了。秦怡看在眼里,对赵丹塑造人物的忘我态度心生敬佩,再次找到了在一旁细心观摩、学习的机会。

就这样,秦怡从不停息,不断探索自己的表演路子。她清楚,机械地重复容易,创造最难,而一个演员虚心学习新知识、新风尚、新思想,演各种角色才能曲尽其妙。她热爱电影,终生在不停地攀援,向高峰进发,她由内而外的纯美、卓越的成就都和达到的境界密不可分。

世纪荣光

二〇二二年五月九日凌晨,美丽坚忍的表演艺术家秦怡在上海华东医院逝世,享年一百岁。巨星的陨落,对所有人来说都是一个晴天霹雳!大家有太多的不舍,无法接受秦怡的骤然离世。

五月八日的白天,注重形象的秦怡还说自己的头发有点长了,想剪一剪。到了晚上九点多,她喝了些许酸奶,安然入眠。然而,凌晨四点她突然咳嗽,咳得厉害,仿佛止不住似的,就这么去了另一个世界。

早在几年前,秦怡在家跌了一跤,摔坏了腿,住进华东医院。事后,她的同事去医院探望她,秦怡都笑呵呵地说腿已经好了,能起来四处走走,说着，像是为了证明自己所言属实，嗖地把一条腿抬得老高，笑得像个老顽童。

秦怡对自己的健康怀有信心，一直生活得独立、有规律。在那次摔跤前，九十多岁高龄的她还是选择一个人独住，只请了个钟点工白天协助她料理家务。有时钟点工临时请假，秦怡自己煮饭、洗衣服，把湿漉漉的衣服晾挂起来。

人往往没法预知死亡何时来到，但可以决定生命是不是以灿烂而光明的方式存在，秦怡做到了。她从不得过且过，从不害怕改变，从不自我膨胀，她内心充满爱、乐观、无私的奉献以及宽容。

人们用各自的方式敬佩着、怀念着秦怡。

大家佩服秦怡无比可贵的敬业精神。在那些年里，她既演电影又演话剧，从不停滞，全情投入，一步一个脚印，越来越有高度。丈夫金焰也戏称她为"电影疯子"，这么喊开后，周围的人听到后都会意地一笑，因为真的准确。

在重庆时，有一次秦怡出演陈白尘创作的话剧《结婚进行曲》，因那一阵儿的生活不安定，条件艰苦，加上长期的劳累，开场后秦怡发现自己的嗓子出毛病了——哑了，只能用气音说话。为了不让观众失望，也不因为这些而影响演出，她依旧坚持着，吃力地用气声演完了这出三幕五场的话剧。这一切被观众们默默地看在眼里。谢幕时，大家给她的掌声比往常更加热烈。秦怡热泪盈眶，认为这是自己当演员以来得到的最高的奖赏和最大的尊重，也是自己一生中最难忘的荣耀。

秦怡把拍出好电影看成至高的精神寄托和终身使命。这种极致的热爱和坚定的信念支撑着她在九十多岁的高龄仍然奋斗在中国电影事业的一线。

秦怡九十四岁参演《妖猫传》，在养病之余完成拍摄，虽然出镜不多，但她一身素服，表演松弛、从容，一开口，气场十足，苍劲的嗓音震撼人心，演出了元稹诗里"寥落古行宫，宫花寂寞红。白头宫女在，闲坐说玄宗"的意境，那生动诠释的画面，让人难忘。

二〇一九年，九十七岁的秦怡主演中国首部老龄化国情教育影片《一切如你》。在这部影片中，秦怡饰演一位孤独的老人，不接受丈夫离世的现实，每日恍恍惚惚地捧着保温瓶，坐着轮椅来到丈夫生前住过的重症病房门口。秦怡的表演入木三分，但由于身体缘故，医生不允许她离开医院，最终在医院里完成了艰难的拍摄工作。

有人问她是怎么走过漫长而崎岖的艺术道路的，她谦虚地说道："我稀里糊涂就演了很多角色，靠的就是最朴素的笨办法——学习和努力。"正是靠着持之以恒的"学习和努力"，秦怡圆满地履行了"希望作品里有一些向上的精神可以得到弘扬，给人心灵以启迪"的诺言，实现了"活到一百岁，我也要干电影，这是我终身喜爱的事业"的梦想，也为中国电影事业赢得了永恒的荣光，她的精神照耀着电影事业的后来者。

大家还敬佩秦怡是一个无畏的人。她一生历经坎坷，年轻时经受过欺骗、背叛，暮年时人生又充满离别：一九八三年丈夫金焰走了，二〇〇七年儿子金捷走了，二〇〇八年妹妹秦文也走了。慢慢地，一个个亲人相继走了。只剩下女儿金斐姮陪她度过剩下的岁月。

后来，她开导自己说："人终究都有美好生活的愿望。但我从不认命，我会分析，就像剥橘子，把这些心结一个一个、一层一层地剥开。"

她慢慢剥去伤心的往事,将小爱化作大爱去拥抱生活,回馈和奉献给社会。她频频为地震灾区、希望小学捐款,和吴贻弓等老艺术家一起推动上海国际电影节的设立,为中国建立属于自己的A类电影节做出了重要贡献。

因金捷罹患精神病症,秦怡对残障人士格外关心,她还欣然担任世界特殊奥林匹克运动会形象大使,在耄耋之年奔波在西安、青岛等地,为上海举办的世界特殊奥林匹克运动会做宣传。

接踵而来的苦难,秦怡无惧无畏,还含笑地馈赠这个世界以温暖和信念,让人心疼,让人肃然起敬,那是多么难能可贵!

人们还无数次赞美秦怡的美,一种穿越时光的、内外兼具的美。她是公认的"中国最美丽的女性",用她美好的形象和心灵,传神地表现了中国女性的时代形象、精神风貌。

青春靓丽时,秦怡的好友、著名影星舒绣文曾说:"秦怡真美,美得就跟花瓶里盛开的康乃馨一样。"

著名剧作家吴祖光曾赋诗云："无端说道秦娘美，惆怅中宵忆海伦。"秦怡一直美到了一百岁，晚年的她满头银发，透露着岁月酿造的通透、优雅、亲切、大气的美，散发人性光辉的美。这些美来自内心，来自热爱，来自对美好世界的追求。

秦怡也是一个拥有丰盈美好的内心世界的人；是一个拥有博大的母爱和女性温情的人；是一个爱护家人和年轻演员的人；是一个爱党、爱国，愿为党和国家奉献一生的人。

她获奖无数：中国电视金鹰奖优秀女演员奖、中国电影世纪奖最佳女演员奖、中国电影金鸡奖终身成就奖、上海文学艺术奖终身成就奖、"人民艺术家"国家荣誉称号……但她依然是那个朴实地说出"只要观众需要，我随叫随到"的人。

秦怡以生命的长度和宽度，兢兢业业地从艺八十多年，用她的美丽、美好、大爱、钻研，谱写了对党、国家和人民的热爱，对电影的不变初心，成了世纪荣光，也成了永恒的星辰。

秦怡用一生全心全意拍出好作品，讴歌党、讴歌祖国和人民，完美地诠释一个"人民艺术家"的典范意义，她是实至名归的人民艺术家，也是一个最美丽的人。